D0562432

Bernard Chapuis

Vieux garçon

Gallimard

Ayant débuté à *Combat* et à *Elle*, Bernard Chapuis a été responsable des Informations générales au *Quotidien de Paris*, billettiste au *Monde*, collaborateur au *Canard enchaîné* chroniqueur de télévision au *Nouvel Observateur*, rédacteur en chef de *L'Événement du jeudi* et directeur du magazine *Vogue-Hommes*. Il collabore actuellement à la rubrique Livres de *Madame Figaro* et à la *Revue des Deux Mondes*.

Vieux garçon est son cinquième roman.

À Monsieur Yu

Qui se lève le premier ? Celui qui se lève le premier, si j'entends encore quelque chose à ces gaillards-là, celui qui se lève le premier, c'est le père.

JEAN GIONO, *Noé*.

1

Une fête chez Adrien Flahault

C'est un lieu désolé. Pour s'en faire une idée, on peut imaginer une distance comprise entre la place de la Concorde et la place de l'Hôtel-de-Ville et où l'on ne rencontrerait pas plus de cinq grandes bâtisses de pierre aux gros murs épais, avec de grands toits et de petites fenêtres. Elles se succèdent à l'écart d'une route menue comme un chemin, tapies au milieu d'un cataclysme de collines de granit qui déferlent, inertes, depuis des millions de siècles. J'y ai compté ce matin une soixantaine de petites et de moyennes cylindrées de tous âges et de toutes conditions et, dans ce lieu pourtant accidenté, pas une de ces 4×4, si fréquentes en ville. Un parking sauvage qui revient depuis vingt ans envahir ces lieux déserts dans le même désordre, chaque 14 août, date anniversaire de la mort de mon grand-oncle Adrien, l'évêque de Montauban, que je n'ai pas connu. Peu avant le déjeuner, j'étais allé marcher dans ce paysage immobile et silencieux où seuls

13

tremblaient des bouquets d'arbres, des boules de buissons et les fleurs sauvages et rugueuses qui poussent sur ces hauteurs fréquentées par les transhumants. Quel luxe, de pisser solitairement dans le petit air vif en frissonnant devant cette éternité familière ! Solitairement, ou presque. Un peu plus loin, un peu plus bas, je repère une silhouette faisant comme je viens de faire, mais à la façon des filles.

Elle ne m'avait ni vu ni entendu. Accroupie, les bras autour des genoux, elle regardait tranquillement autour d'elle et profitait de l'instant. Quand elle s'est redressée, après s'être drôlement agité les fesses, je l'ai suivie à distance. Bras longs, doigts longs, jambes longues, pieds longs, poignets et chevilles étroits, cheveux noirs couvrant à peine la nuque, chaussée d'espadrilles. Elle se faufilait parmi les rochers comme un lézard, comme quelqu'un de très bonne humeur. Je l'ai rattrapée à hauteur des premières voitures en l'appelant : Mara ! Et c'était bien Mara, étonnée, qui se retournait, me reconnaissait de ses yeux brillants comme des gouttes de café, me souriait. Je me rappelle son père ou sa mère, l'installant dans mes bras. Je l'avais portée, âgée de cinq mois, et maintenant son T-shirt lavande tremblait sur une poitrine au-dessus de ses treize ans, sa taille tenait entre le pouce et le médium et j'avais pu, en la suivant, détailler son flottant vert kaki qu'agitait un derrière rond, ferme et enjoué. Elle portait en bandoulière un sac rose fuchsia en soie indienne à trois sous, juste assez grand pour y glisser un portable et qui lui battait le ventre. En chemin, elle m'a demandé :

— Tu me suivais depuis longtemps ?

— Depuis un moment.

— Tu m'as vue ?

— Je t'ai vue ?

— En tout cas, moi je ne t'avais pas vu. Pas vu depuis l'année dernière, je crois ? Tu es arrivé à quelle heure ? Combien il peut y avoir de voitures ici, à ton avis ? As-tu remarqué qu'il n'y a pas un 4×4 ?

Nous étions parvenus à la grande terrasse de La Bâtie, où une centaine de personnes s'étaient attablées devant un festin apporté des maisons voisines. Le long de la table, à intervalles réguliers, une bouteille de vin rouge sans étiquette se dressait comme une « borne hectolitrique », *dixit* mon ami Furtif le Loquace. Et le voilà qui vient à nous, il remonte le long de la tablée, des chiens dans les pieds, passe devant l'orchestre de gitans *trash*, se faufile à travers le va-et-vient que des bénévoles affairés assurent de la cuisine aux tables. Furtif ne quitte pas Mara des yeux, il lui propose de venir s'asseoir avec lui. Quand je demande à Mara si elle a faim, elle lève les yeux au ciel :

— Je meurs si je ne mange pas !

— Bon, je vais m'asseoir du côté de mon grand-père.

— Bon, moi, je vais me chercher une place, dit-elle en regardant Furtif le Loquace.

Ancien ambassadeur de France à Quito et à Amman, dont je l'ai toujours entendu dire qu'à son époque il ne s'y passait pas grand-chose, Denis Flahault, mon grand-père, a institué depuis vingt ans ce gîte et ce couvert, chaque 14 août, en souvenir de son défunt frère Adrien, l'évêque, premier maître de La Bâtie. Denis Flahault était vêtu ce matin d'un pantalon en *sharkskin* ivoire et d'une chemise de lin blanc, si fine qu'on voyait y poindre sa petite poitrine. Avec ses cheveux soyeux et enneigés, coiffés en vague à la Gontran, des oreilles Prince-de-Galles, il fait anglais, nonobstant son opulent nez copte que domine un regard immense et paisible. Ni ma mère ni ma sœur n'ont hérité ces traits alors que, moi, j'ai le nez copte, surmonté de lunettes à grosses montures et à verres épais, ainsi que les oreilles décollées.

Mon grand-père Denis revenait tout juste au monde après dix mois passés dans une institution de repos, tout habité par le bonheur du retour à la vie civile.

Quand il a troqué le passeport diplomatique pour la carte vermeil, désormais carte senior, car on a perdu le sens du vermeilleux, il a continué à voir du monde et à recevoir pour des soirées où les relations avaient fait place aux amis qui se jetaient sans façon à l'assaut des buffets réputés de ma grand-mère Élisa. Avec le temps, mon aïeul s'est progressivement isolé dans sa bibliothèque, sans rien perdre cependant de son caractère régulièrement aimable et souriant. Il a toujours aimé les fleurs coupées. Il en faisait installer partout dans ses ambassades, portant la main aux bouquets. Ce goût des fleurs a décuplé au moment de la retraite, ce qui enchantait sa maison et les visiteurs jusqu'à l'époque, vers la fin de l'an passé, où ma grand-mère l'a trouvé plusieurs fois dans son bureau, occupé à découper des fleurs en petits morceaux à l'aide d'un canif de nacre, aussi banalement qu'il aurait fait une réussite. Chaque fois que je montais au cinquième, où habitent mes grands-parents à Paris, il y avait des miettes de fleurs qui traînaient un peu partout malgré le soin que mettait ma grand-mère à les faire disparaître. Grand-père était inchangé, toujours aussi agréable, mais à l'heure du café ou du whisky, au fil de la conversation, comme si de rien n'était, il s'emparait d'une fleur. Grand-mère Élisa avait estimé à juste titre qu'il aurait été sadique de le priver de pétales et avait continué à fleurir la maison. Il se levait, se dirigeait vers la fenêtre donnant sur la façade illuminée de l'hôtel Davenport, choisissait une fleur dans le bouquet du guéridon, revenait s'asseoir parmi nous et se mettait à la découper en marmonnant « pauvre petite chérie, pauvre petite chérie ». J'étais fasciné par ce qui arrivait à mon grand-père : moi-même, je me sens parfois capable de fumer la pipe par le cul. Mon grand-père était bizarre, pas fou. C'est avec son plein accord que ma grand-mère et ma mère Rolande, que tout le monde appelle *Rol*, ont retenu à son nom aux Campanules, un établissement suisse isolé dans un paysage intact et qui accueille des pensionnaires un peu dérangés. Ma mère ne tarissait pas sur le Pr Luthringer (on prononce Loutrin'geur) et son équipe : « Ils sont fermes, bienveillants, avisés », *dixerat mater*. Bien soigné, bien traité, mon grand-père a bientôt retrouvé ses dispositions, malgré un contretemps : le Pr Luthringer avait imaginé de le mettre en présence d'une Mme Nadège Fournier, patiente qui partageait avec lui la tentation surmontée de la fleur coupée, et, ayant recouvré comme lui ses esprits, allait prochainement franchir le portail des Campanules dans le sens de la civilisation. Ce rapprochement entre deux cas inédits accéléra d'abord leur convalescence, puis, assez rapidement, provoqua un court-circuit : par une nuit de pleine lune, le professeur les a trouvés hagards, à quatre pattes en plein champ, où ils transformaient les fleurs en confettis à l'aide de ciseaux de couturière dérobés dans la buanderie. Le Pr Luthringer a estimé qu'il s'agissait d'un bon échec, qu'il ne convenait pas de les séparer jusqu'à la guérison définitive, tout en maintenant la règle habituelle : courrier autorisé sans restriction dans les deux sens, téléphone une fois par semaine. Et ils ont guéri, si bien que les deux anciens des Campanules, Nadège Fournier et Denis Flahault, mon grand-père, étaient de ce 14 août, tout neufs, elle à ma droite, lui à ma gauche, et, de l'autre côté de la table, MM. Chapon et Bresse, anciens bergers, accompagnés de leurs femmes.

Le Pr Luthringer avait laissé entendre que la nouvelle amitié entre Denis et Nadège méritait d'être entretenue, au moins durant l'« après-Campanules ». Grand-mère Élisa a aussitôt acquiescé, convaincue que ce rapprochement, dû aux péripéties de l'existence, n'était pas de nature à bousculer les convenances. Et, tandis qu'elle prenait soin des invités de place en place, je me suis tourné vers ma voisine Fournier, Nadège Fournier. Les cheveux gris argenté, coupés à hauteur d'épaule, retenus par un serre-tête d'écaille, les sourcils noirs, bien arqués, de beaux yeux verts, de grandes lunettes à monture transparente, une robe de shantung gris-blanc à col chinois, motif roseaux. Elle est helléniste, je le sais par le doigt de Dieu : il y a six mois, sur les conseils de M. Alekos, mon professeur de grec, j'ai lu cet essai sur les cratères, vases ou carafes, dans lesquels les Anciens grecs mélangeaient l'eau et le vin à l'occasion des banquets, un essai signé Nadège Fournier, cette jolie femme aux cheveux gris. Quand je me suis présenté, elle a dit :

— Je vous connais.

Et, devant mon étonnement, elle a ajouté :

— Je vous connais parce que Denis Flahault, votre grand-père, m'a parlé de vous.

Je lui ai répondu :

— Je vous connais aussi.

Et, devant son étonnement, j'ai ajouté :

— Je vous connais parce que j'ai lu votre essai sur les cratères : je suis des cours d'hellène.

— Ça, c'est inattendu à tout point de vue, s'est-elle écriée, et puis, en grec, à mi-voix, dans cette langue morte qui bougeait encore, elle m'a nommé le jambon, les salades et les omelettes sur la table.

Elle me corrigeait et me guidait, avec une patience souriante, prononçant ces mots gourmands, ces mots nouveaux que M. Alekos ne m'avait pas habitué à entendre. Et puis nous avons fini par nous taire ensemble, nouveaux amis.

Il faisait si chaud que parler devenait un effort, sauf pour mon infatigable grand-père. Filant sur son aire, il tricotait aimablement ses vieilles histoires, aussitôt englouties par le vide minéral du plateau. Il était épanoui, tout à son propos, et nul n'aurait deviné qu'il revenait des Campanules ni les raisons qui l'y avaient conduit. D'ailleurs, rien de cet épisode n'avait transpiré vers les entourages : ma mère, qui a le sens du secret familial, avait donné pour consigne de répondre, à toute question sur cette absence prolongée, que l'ambassadeur de France avait été invité à Yale, dans le Connecticut, pour y faire des conférences sur la genèse et la destinée de la Ligue arabe. Et chaque fois que j'avais dû mentir dans le sens indiqué (genèse et destinée), j'imaginais mon grand-père, conférant en bon anglais devant les Bostoniens sur l'art de la fleur coupée.

En ce samedi d'août, il n'était heureusement plus besoin de mensonge pour servir de garde-fou à Denis Flahault. Il avait entraîné son auditoire en Chine, à la suite de je ne sais quel aiguillage de la conversation, puisant dans un stock de souvenirs capable d'intimider le plus racé des iPods de mes iPotes. J'avais déjà croisé, dans un précédent récit de mon grand-père, cet Alain de Poisnaurt dont il parlait maintenant et dont il avait été jadis jeune premier secrétaire d'ambassade, à l'époque de Djakarta : « En 40, quand de Gaulle avait fait dissidence, comme on disait à Vichy, Alain de Poisnaurt était à Chongqing et lui avait adressé un télégramme d'allégeance à la France libre. Avant d'être diplomate, de Poisnaurt, explorateur missionné par le musée de l'Homme, avait cartographié des routes jusqu'alors inconnues au Tibet, puis gagné Chongqing. Là-bas, en compagnie d'un Alsacien, ancien légionnaire et violoniste du nom de Schmitter, après avoir pris connaissance de l'appel du 18 juin, il représentait la France combattante, dont l'emblème flottait au sommet d'un pain de granit isolé dans une zone perdue, hérissée de ces pignons verdâtres et embrumés qui ont beaucoup posé pour les rouleaux d'estampes. Ses arrivées dans les rares villages des vallées attiraient un essaim d'enfants, bientôt rejoints par leurs aînés dans le tintamarre fabuleux de la curiosité chinoise. La foule s'écartait et le mandarin apparaissait alors. Celui-ci, dès qu'il l'apercevait, considérait de Poisnaurt, un grand et gros rouquin, avec une sympathie immédiate. Son embonpoint, ses cheveux rouges et ses yeux bleus lui valaient, en effet, la faveur presque automatique des autorités locales de l'époque. Le ventre rebondi était signe d'abondance et de pouvoir dans un monde où les maigres obéissaient aux gros. Le mandarin déboutonnait son gilet et sa robe de soie jusqu'à hauteur de ceinture et les écartait d'un geste progressif sur son ventre rond et pâle qu'il tapotait du médium, le faisant joliment résonner tandis qu'un murmure enthousiaste s'élevait de la population massée à l'entrée de la bourgade. Le mandarin s'emparait ensuite de la main de Poisnaurt et la portait à son ventre, que ce dernier allait à son tour parcourir sans en négliger un centimètre. Si le bruit provoqué par son médium était quelque peu amorti par l'absorption de *choum* (ou de whisky quand il en trouvait), le mandarin n'en évaluait pas moins en connaisseur la rondeur de Poisnaurt, qui n'était

22

pas de pacotille. » Les histoires de grand-père serpentaient ainsi et il faisait sans cesse plus étouffant.

J'en étais là de mon peu de pensées, quand un groupe de garçons et de filles portant des serviettes sur l'épaule est passé à notre hauteur.

— On descend à la cascade. Tu viens ?

— Ne m'attendez pas, je vous suis.

— Pourquoi ?

— Parce que je vous suis.

— Allez, viens ! a miaulé Mara, ce chat maigre qui s'était glissé dans le groupe.

Je leur ai dit que j'allais les suivre. J'avais pourtant envie de traîner à table, à l'ombre des bâches et des vieilles artères, pour la lointaine fuite des conversations, sans geste inutile, dans l'agréable patience des sentinelles du temps. « Ce qui avait le plus marqué Poisnaurt était d'avoir mangé une omelette aux anguilles au fin fond de la Chine, à plus de deux mille kilomètres des côtes... » Je me suis levé sans troubler la petite musique de Denis Flahault, j'ai emprunté la rampe de pierres plates sous l'immense fayard qui commande le chemin vers les chutes et j'ai claudiqué de loin en loin derrière les filles, les laissant me semer.

Arrivé à la cascade, j'ai été accueilli par une volée de cris qui montaient à moi à travers un entonnoir de rochers, traversé par des rapides et par une de ces chutes comme les aiment avant tout les cascadeurs. Mon public, entièrement nu

— les filles plus nues encore que les garçons —,
baignait dans de grands lavabos de granit étagés
de part et d'autre de la cascade d'eau verte qui
allait se disloquer bien plus bas dans un affreux
trou écumant de colère. Je n'ai pas traîné, je me
suis déshabillé, et, pour ne pas impatienter la
foule, j'ai plongé dans le vide et dans le bouillon.
Les quelques fois où je me suis trouvé nu devant
une fille, toujours la même réaction : « Mais
comme tu es maigre ! » disent-elles, sur un ton
d'admiration inquiète qui ne m'échappe pas. En
fait, je suis maigre dans le sens *très mince*, mais
je ne suis pas squelettique. Évidemment, je ne
m'entretiens pas au rendez-vous de la Muscu,
devant le miroir, entre Gaby Pectoraux et Raoul
Biscoteaux. Je pratique des sports maigres : nage
au large, plongée en apnée, grande marche,
muscles longs, cage thoracique épanouie, bonne
ventilation générale. Dans les moments où je suis
au mieux de moi-même, je m'imagine facilement en une sorte d'Éthiopien blanc. C'est ce
que j'ai fait, me jetant sans réfléchir dans le trou
d'eau glacée qui m'attendait. En remontant,
suffoquant dans l'écume, j'ai bien vu qu'on me
trouvait crâne du côté des yeux en gouttes de
café. Ensuite, j'ai escaladé le flanc de la cascade
comme font les singes de Vincennes ou bien les
nudistes des calanques. Très exposé, j'ai remonté
la pente, dissimulant sous l'aisance du style les
traces de cette polio dont j'ai guéri, un peu de tra-

vers, il y a sept ans. C'est la même année que mon père a filé à l'anglaise et tout le monde a fait le lien entre les deux. J'ai laissé marcher loin devant moi les baigneurs et les baigneuses de la cascade qui remontaient vers La Bâtie.

Sur la terrasse où ils m'avaient précédé et s'étaient emparés de chaises inoccupées, il restait encore pas mal de monde à regarder passer le 14 août. Je me suis mêlé au groupe qui écoutait en amateur Denis Flahault. Une vie passée dans les ambassades à faire des figures sur toutes les gammes de la conversation a donné de l'entraînement à mon grand-père. Tout le temps qu'avait duré l'expédition à la cascade, il avait continué à sauter d'un sujet à l'autre, comme un coureur des plaines aux pieds agiles, et, doté de cordes vocales intactes, faisant tinter sa voix légère et mesurée, il avait laissé loin derrière lui les vieux guerriers à la langue fourbue qui tentaient vainement de placer une anecdote. Les néophytes guettaient un signe de fatigue, un essoufflement, un tarissement, et les habitués, qui attendaient ce moment depuis l'an passé et savaient que la route serait longue, savouraient en silence. Denis Flahault, accoudé à la table entre ma grand-mère Élisa et Nadège Fournier, sa copensionnaire des jours difficiles, avait entraîné son auditoire aux confins du système solaire, à bord de la sonde américaine Voyager 1, lancée en septembre 1977, et qui, à 14,1 milliards de kilomètres du Soleil, échappant peu à peu à la poussée du vent solaire, avait commencé à pénétrer dans l'au-delà des mers astrales. « Quand j'essaie d'imaginer des distances aussi peu imaginables, disait-il, je pense à un mille-pattes zambien qui aurait décidé de se rendre à pied en Alaska, et, encore, je suis sûr de ne pas être à l'échelle. Nous savons que le big-bang n'a pas fini de résonner dans la durée des temps, nous savons que notre planète n'est pas éternelle mais nous ne concevons pas que notre espèce puisse ne pas l'être. L'extinction de notre espèce nous effraie plus que notre propre mort. L'aventure scientifique et la soif de savoir cachent des questions que se posaient déjà les hommes d'avant la science : où s'installer quand ça ne sera plus tenable ici ? Qui partira en premier, qui partira en dernier ? Quand saura-t-on où aller ? L'essentiel est de trouver une réponse d'ici à quelques millions d'années, un coin d'univers pour nous accueillir et les moyens d'y accéder afin d'y installer nos petites habitudes. En attendant, les innombrables signaux que nous avons jusqu'à présent déchiffrés dans l'Univers ressemblent à une volée de cailloux dans le silence nocturne et glacial d'un grand vide sans horizon. »

J'étais gelé en remontant, les lèvres bleues, des cascades, mais il faisait maintenant si chaud que je regrettais presque mes grelottements. Il m'a semblé entendre murmurer très loin un grognement de tonnerre. Chaque année, dès le 15 août, les dalles de granit affleurant les landes isolées du pays de La Bâtie attirent le feu des orages. Des orages d'une spectaculaire énergie, mais qui, par suite d'un pacte tacite et régional avec Zeus, ont, jusqu'à présent, épargné le 14 août. Pourtant, cette année, le ciel a déterré la hache de guerre avant la date, sans avertissement. En une minute, la plupart des centaines de milliards de photons qui se prélassaient quelques instants plus tôt dans l'oubli du plein été se sont volatilisés pour faire place à une lueur de fin du monde et le paysage a basculé comme au théâtre. Des averses coléreuses ont commencé à mordre le flanc opposé à La Bâtie et nous les avons accueillies en spectateurs, tandis que mon grand-père, sautant sur l'occasion, indiquait du doigt et du menton, au-delà de la combe de la cascade, la crête dénudée du versant d'en face : « Là-bas, le dos de la crête, c'est la ligne de partage des eaux. Regardez bien cet orage : d'un côté, il déferle vers la Méditerranée, de l'autre, vers l'Atlantique. » Ce n'était pas la première fois que j'entendais mon aïeul présenter sa ligne de partage des eaux *in situ et in vivo*, mais c'était la première fois un 14 août : « En arrivant à la mer, l'orage coulant vers l'ouest, c'est-à-dire vers l'Atlantique, tombera sur des dériveurs. Les eaux du Sud, parvenues à la Méditerranée, déferleront sur des troupeaux de jet-skis. »

La ligne de partage des eaux, fidèle à ses habitudes, a donné rendez-vous aux premiers éclairs qui se sont multipliés et ont presque aussitôt lancé l'assaut en direction de l'endroit où nous étions en train de les regarder. Provoquant un magnifique sauve-qui-peut, les éclairs ont allégrement enjambé la combe qui nous en séparait pour venir asticoter La Bâtie de leurs doigts électriques et brutaux. Tout le monde s'est réfugié dans la maison dont on avait débranché les prises électriques et fermé les volets et s'est éparpillé dans les pièces. Nous nous serrions debout, douchés, fumants comme des bœufs, flashés par les miettes d'éclairs qui fracturaient les fentes des volets. On buvait et on élevait la voix. De même que les tennismen disent bien sentir leur tennis, de même Zeus, trois heures durant, a bien senti son orage. Dans la fausse obscurité où nous étions, Mara, qui avait passé un maigre imperméable de plastique bleu pâle sur son short et son T-shirt, est venue se serrer contre moi, mouillée, chaude, frissonnante. Bien plus tard, le tonnerre s'éloignant, les réfugiés sont sortis de la maison, réjouis, affamés. À peine l'orage avait-il tourné le dos que les jambons, les omelettes, les salades et les bouteilles, aussitôt apparus, ont poussé le 14 août au-delà de la date légale.

Les adultes qui veulent rester la nuit à La Bâtie, plutôt que descendre dans l'un des trois hôtels rustiques du bourg de Percy-le-Sault, quinze kilomètres plus bas, préfèrent bivouaquer un peu partout dans la cuisine, la chambre de ferme, les chambres du haut. Les jeunes campent. C'est ainsi que j'ai laissé ma chambre à deux couples d'adultes, les Fougereau et les Montiel. Les Fougereau et Montiel femmes dorment tête-bêche sur mon lit et les mâles dorment par terre enroulés dans une couverture ou un sac de couchage. Aurore Montiel, qui avait trop bu, a décidé de ne pas dormir dans la maison, car, disait-elle, elle ne savait pas quand elle aurait envie de se coucher. Elle est partie cuver à l'air libre et a disparu dans la nuit. Jacques Montiel et Étienne Fougereau ronflaient déjà à même le sol et Claire Fougereau, qui m'a vu naître et dont j'ai, très jeune, admiré les fortes cuisses et la grosse poitrine, m'a invité à partager son lit tête-bêche et j'ai dit non parce que l'envie que j'avais de dire oui dans le noir entre ses cuisses m'a fait un peu peur. Perspective troublante d'agréable souvenir, mais la proximité de Jacques Montiel et Étienne Fougereau ronflant à nos pieds dans cet espace étroit, l'état de sommeil où j'étais et le bonheur de jeter ma tente dans un coin connu de moi seul ont eu assez facilement raison de ce tête-bêche dont un appétit me reste tout de même.

J'avais huit ans quand j'ai pour la première fois dormi tout seul sous la tente et la joie de dormir aussi facilement à l'abri de l'Univers ne m'a pas quitté. Cette bonne surprise m'était arrivée quand mon père, lors d'un lointain 14 août, m'avait suggéré de laisser *ma* chambre à des amis, en échange de quoi il m'offrait une tente *pour moi seul*. Dormir au milieu du campement des grands plutôt que dans un nid d'adultes était une promotion. Depuis, je jette chaque année ma tente au même endroit, dans un lieu un peu à l'écart, une plate-forme qu'abritent et surplombent deux gros rochers protecteurs en forme de roulé aux fraises. Je ne plante pas ma tente, je la jette. C'est un grand cerceau qui, une fois lancé à terre, devient, sous le choc, un abri de nomade des steppes. J'y glisse le sac de couchage où je me glisse et je dors déjà. Je me rappelle m'être, fermant aussitôt les yeux, autoflagorné des fatigues de la cascade où je ne cessais, dans mon sommeil naissant, de plonger avec conviction, dans la gaieté flottante d'un sentiment de succès personnel. En paix, je dormais.

J'ai été réveillé par un souffle d'air froid. Quelqu'un avait pénétré dans mon bon refuge et cherchait à ne pas faire de bruit. C'était Mara. À la lueur de la torche que j'avais nerveusement allumée et qu'elle m'avait aussitôt demandé d'éteindre, sa silhouette, capée d'un plaid qui avait remplacé le vêtement de pluie en plastique bleu pâle, m'était apparue dans la brièveté saisissante du rayon de ma torche. Avant que l'obscurité ne retombe, j'avais eu le temps de reconnaître, sous le plaid, le T-shirt et le petit flottant de toile. Aussitôt, elle était dans mon sac de couchage, se chauffant à moi, cherchant ma bouche et la trouvant. Je bandais fort, mais comme je me montrais en même temps très défensif, elle m'a enjambé et a commencé à se frotter à califourchon sur mes réticences avec beaucoup d'entrain. Je n'ai pu résister à l'envie de laisser traîner au sol la torche, rallumée sans qu'elle proteste. Une lueur maigre et crue éclairait ce désordre, où je vis son short, fripé par l'orage, bâiller sur un joli bosquet très feuillu au goût délicieux que j'ai longuement léché, sans même la déculotter. J'agissais par plaisir et mon plaisir était d'autant plus fort, plus complet, que j'avais décidé que ça n'irait pas au-delà. Quand la main de Mara a commencé à afficher ses intentions, « au-delà » s'est rapproché à toute vitesse, et j'ai dit stop. Mara a treize ans, moi : dix-sept. Dix-sept ans, c'est vieux pour baiser les petites sœurs de treize ans nonobstant la tentation. C'est ce que j'ai tenté de lui faire comprendre, sans grand succès. Je lui ai dit qu'après tout nous ne rentrions pas bredouilles de nos ébats dans la zone autorisée, qui avaient déjà donné lieu à de bonnes conclusions et méritaient un grand merci à la vie. Elle a bien compris ce que je voulais dire, mais elle n'était pas d'accord : « Quand je t'entends parler, j'ai l'impression d'être dans un *vieux* film en noir et blanc. » Elle était déçue, ça se voyait. Après avoir éteint, nous avons câliné en silence, et, au fil de cette douceur, j'ai repensé à cette histoire de noir et blanc. Plus tard, quand elle est partie, un peu fâchée tout de même, je m'attendais à plonger dans un sommeil de petit garçon. En fait, j'ai dormi moins d'une heure et me voici, sous le grand fayard, écrivant sur ce cahier neuf. Des ronflements pacifiques s'échappent de la maison, et, adossé à mon grand arbre vieux et puissant, j'assiste au début du 15 août, j'imagine sans impatience le jour où je devrai quitter ma vieille adolescence pour le pays des adultes entichés de jeunesse éternelle, plus froide encore que les neiges éternelles.

2

Robe bleue, robe verte

Ce TGV est un des trains fantômes de l'été qui remontent au nord presque à vide, au hasard des heures creuses. Croisant des convois bondés qui foncent en sens inverse, nous regagnons Paris sans impatience et sans déplaisir. Dans notre wagon, trois voyageurs, c'est à peu près la population moyenne de chaque voiture, des silhouettes humaines endormies devant un ordinateur ou un magazine entre les mains sous le cruel petit rayon tombant d'un œil plafonnier. Parvenus au comptoir de la voiture 6, Furtif le Loquace et moi commandons des sandwiches et deux petites bouteilles de bordeaux format plateau-repas à col d'étain violet. Nous nous installons à une tablette devant ces fenêtres surélevées qui vous permettent de voir défiler le paysage du jour tombant sur le Morvan au prix d'un torticolis. À deux tabourets de nous se tient un individu, la quarantaine passée, pull de marin à col roulé de bonne facture, mais bien chaud pour la saison, pantalon gris chiffonné et imper blanc à boutonnage droit, semblant sortir d'un enfermement prolongé dans un coffre de voiture américaine, très fripé, ouvert, dont le col relevé encadre un de ces visages flous qu'on peut croiser en dormant. Il jette un coup d'œil à nos bouteilles :

— Ah, je vois que vous, au moins, vous n'êtes pas des buveurs de soda ! Ce n'est pas qu'ils soient grands, ces flacons ferroviaires, mais, au moins, ils sont de verre, ce ne sont pas ces canettes en peau d'alu !

— Un peu de vin ? propose Furtif.

— Non, je refuse.

Puis, tendant tout de même son verre, tantôt attentif à nous, tantôt regardant par la fenêtre passer les vaches et les bœufs morvandiots, il s'élance :

— Le TGV est un rêve technique, un concentré poétique de l'ingénierie française qui a fait du rail un plus léger que l'air. Mais, côté bar, zéro. Un bar, ça ? À peu près la même ambiance et les mêmes produits que dans une buvette d'hôpital. Soyons clairs ! je ne demande pas un bar avec des fausses boiseries et des photos de Hemingway partout. Je demande simplement un bar adapté à la progression ferroviaire horizontale du consommateur à grande vitesse, sans trop de chichis, un bar, tout de même, qui ose dire : mon nom est *bar*. D'ailleurs, pas besoin d'aller chercher le modèle bien loin : regardez, entre Calais et Douvres, entre Saint-Malo et Portsmouth, ces bons bars des *ferries* où l'on peut se saouler tranquillement en ne faisant de tort qu'à soi-même. Je verrais à bord de chaque TGV un *double* wagon, avec deux grands bars sur toute la longueur de chaque voiture, et le reste, ce serait de l'espace pour circuler et accueillir autant de clients et de clientes que nécessaire. Et fumeur, car ce serait fumeur, évidemment. Nom de baptême : DB, comme Double Bar, mais ça se prononcerait *Dobel Bi*. Tout ça dix tons au-dessus des *ferries* où il y a tout de même du verre cassé et des flaques de vomi.

Tendant son verre vide, puis posant la main sur l'épaule de Furtif, il a soupiré, désignant du menton le préposé au bar qui nous lorgnait avec hostilité :

— Ah, si les *lobbies* de l'alcool savaient la nature de *notre* combat ! *Nous autres*, amis, sommes membres du personnel des *lobbies* de l'alcool : personnel payant !

Il a éclaté de rire, d'une sorte de rire en ferblanc qui remontait du fin fond de son imper froissé, puis il nous a serré la main :

— Cuvier, Chris Cuvier, disquaire au Kiss Club à Paris, enfin, didjé, appelez-moi Chris.

— Moi, c'est Furtif, Furtif le Loquace, a dit Furtif.

Puis, me désignant :

— Lui, c'est Paulo, Paulo Newman.

Paulo Newman n'est pas mon vrai nom. En fait, je suis un admirateur de toujours de Paul Newman, à mes yeux le modèle absolu de prestance masculine. À dix ans, quand je venais de voir un de ses films à la télévision, j'allais me poster devant la glace de la salle de bains (mieux éclairée et plus intime que le miroir de l'entrée). Imprégné de mon héros et de cette façon qu'il avait de plisser les yeux, je lui ressemblais, à l'étonnement général de la salle de bains. Mes amis, peu à peu au courant de cette ressemblance intérieure, m'appellent Paulo, Paul, Newman ou Paulo Newman. Mais regagnons ce mercredi 16 août, dans le train fantôme, où, les présentations faites, Furtif demande à Cuvier :

— Chris, comme Christian ?

— Tout comme, mon gars, mais Christian, dans mon métier, ça ne sonne pas perdreau de l'année, alors c'est Chris. Il faut que vous veniez au Kiss : les plus belles Parisiennes entre trente-cinq et quarante-cinq, dessalées, superclasse. En musique, on est à la fois actuel, *sixties* et *seventies*. En ambiance, il faut connaître, on est plutôt dans le post-Castel.

Chris nous a alors tendu sa carte que, depuis quelques instants, il tenait à la main négligemment : « Kiss Club, 4, rue de Marengo, 75001 Paris. De 23 heures à l'aube, tous les jours de la semaine. Ouvert en août. » Puis il nous a parlé du rallye de Guyenne remporté par lui dix ans auparavant sur une XC400 d'usine, d'un nouveau groupe de rock appelé Cabine XIII, qu'il venait d'auditionner à Juan-les-Pins pour le Kiss. Il a aussi évoqué ses nuits de trois heures, les sièges dans les avions, les pensions alimentaires et les fromages qui puent. Furtif s'était depuis longtemps éclipsé, quand, beaucoup plus tard, j'ai réussi à me décoller de Chris Cuvier, qui restera bavard dans la tombe.

À la nuit tombée, débarquant sur le quai de la gare de Lyon avec le sentiment de fouler notre territoire, nous nous sommes glissés dans la torpeur énervée d'une ville assiégée de toutes parts par les Vacances et dont nous venions renforcer la garnison. Nous avions deux petits sacs à dos contenant nos rechanges et nos dentifrices. Nous aimons marcher et nous l'avons fait, les mains dans les poches, jusqu'à l'immeuble du 7 de la rue Barthélemy-Casier où j'habite avec ma famille. Tout au long du chemin, nous sommes passés devant des terrasses éclairées, envahies de monde, et, surtout, beaucoup, beaucoup de femmes et de filles jeunes, un grand nombre d'entre elles venues de toute la planète. En France, tout le monde était à La Baule, comme Éric Damarzet, qui m'avait appelé dans l'après-midi pour me dire : « Je m'emmerde et je sors avec une emmerdeuse. » Tout le monde était sur les sentiers de grande randonnée comme on en voit souvent en été autour de La Bâtie, avec des histoires qui se nouent entre randonneurs et randonneuses, des souliers qui se lacent et se délacent, des sacs à dos qui se vident et qui se remplissent. Tout le monde était sur les sentiers de grande renommée, dans les villas dorées sous les dix mille soleils de la Méditerranée, à bord des mille voiliers et yachts tout juste sortis de la naphtaline. Dans les hélicoptères, on voyait des filles masquées de lunettes noires et des hommes riches sauter de la cabine transparente, touchant le sol de leurs mocassins aux pieds nus, dans un soupçon de kérosène et en couleurs.

Dans le camp retranché de Paris assiégé par les vacances, l'équipement était plus léger. On aurait dit que les filles et les femmes, assises nonchalamment aux terrasses, en compagnie de types qui connaissaient visiblement sur le bout du doigt la musique du mois d'août, pouvaient se passer de toit, qu'elles dormaient dans les voitures, dans les arbres et qu'elles mangeaient de l'air. En les voyant, Furtif et moi avions conscience du chemin à parcourir.

— Elles m'intimident tellement, dit Furtif, que j'ose à peine imaginer leur chatte.

Un peu plus tard, alors que nous ne sommes plus très loin de la maison, à hauteur de l'enseigne du Coquelicot, je propose :

— On s'assied à cette terrasse ?

— Bonne idée.

Nous choisissons une table non loin d'un

groupe de Français et d'étrangères. Les garçons, qui se connaissent, ne sont pas rentrés bredouilles de l'esplanade du Troca, des Tuileries, du musée Rodin, du Palais-Royal, du Luxembourg. Ils sont contents. Les filles, qui se rencontrent pour la première fois, serrent les rangs, rigolent et bavardent dans un pidgin vite cuisiné. L'une d'entre elles vient de baisser légèrement la fermeture Éclair de sa braguette, aussi naturellement qu'elle aurait dégrafé un bouton de col et l'on voit dépasser des petits poils sans l'avoir cherché. Furtif et moi tendons l'oreille du coin de l'œil, à la façon des Dupondt en embuscade. En fait, la table d'à côté redistribue déjà les cartes, sans perdre de temps. Très vite, chacun a échangé sa chacune et chacune son chacun, d'un regard, d'un mot, d'un geste. Ils ont tous permuté, dans un ballet croisé qui semblait aller de soi, dessinant un nouveau plan de table.

Furtif et moi avons sous les yeux une démonstration de chasse en groupe, à la façon des loups. Selon lui, cette procédure simplifiée de drague en bande, c'est un peu du scoutisme.

— N'empêche, dis-je, c'est déjà tout un art.

— Un art mineur, vieux. Si nous voulons vraiment apprendre quelque chose, c'est du côté des femmes. Avec les femmes, il faut des mots, c'est autre chose que le langage des loups.

— Allez, tu ne sais même pas de quoi tu parles.

— Bien sûr que si : les besogneux du neurone, les bègues, les timides, ça ne fait pas des étincelles dans la conversation. Les femmes, il leur faut des mots, elles aiment ça, et, comme elles aiment ça, elles ne sont pas commodes sur le chapitre.

— Il y a des types qui ne disent rien, pas un mot, qui regardent et qui emballent comme ils veulent.

— Oui, mais ceux-là ont fait le tour de la question des mots, ils ont le mot silencieux et on ne peut même pas en profiter. Crois-moi, en ce qui nous concerne, le silence, ce n'est pas pour demain, et peut-être même pour jamais : le silence c'est un chromosome, tu l'as ou tu ne l'as pas.

J'étais agité. J'avais soif, le garçon n'arrivait pas. Il faisait étouffant. Trois quarts d'heure après notre débarquement du TGV, il y avait eu ce petit orage avec sa chétive colère, entre dix et onze heures du soir, qui avait tout mouillé et séché en cinq minutes. Je regrettais ce petit orage de merde.

— Regarde en face de nous, a dit Furtif.

À quelques pas, installées seules à une table, deux filles, dans des robes légères, robes à fleurs, bustiers rebondis à l'amorce des seins, deux filles qui s'étaient faites belles, un peu à l'ancienne, les cheveux brillants, tout neufs, rejetés en arrière, bien maquillées, pas du tout le même univers que Braguette Ouverte de la tribu des loups, à l'autre table. Et, ce qui n'était pas fait pour rassurer, du haut de leurs vingt-sept ou vingt-huit ans, elles lançaient dans notre direction des coups d'œil et des sourires en échangeant des messes basses. L'une, s'éventant les jambes du bord de sa robe, a découvert une fois, puis une autre, la petite perspective ombreuse où mon regard, incontrôlable, s'était engouffré comme un furet. On devait les amuser.

— Allons-y, a dit Furtif, se levant et marchant droit sur elles.

Je lui ai emboîté le pas pour ne pas être à la traîne. Nous avons demandé si nous pouvions nous asseoir, permission accordée, aussitôt suivie des présentations : lui, Furtif, moi, Paulo, Muriel, la robe bleue, Carole, la robe verte. Leurs prénoms leur ressemblaient. Dans ce genre de situation, quel que soit l'âge, on se présente toujours par les prénoms, ce qui garantit l'anonymat et installe l'intimité. Chez mon grand-père Denis, les hommes donnent brièvement leur nom de famille, sans élever la voix, et le *handshake* n'excède pas dix centièmes de seconde. Ils se nomment : Mauffret, Gaillard, Jandolin et leur épouse : Arlette Mauffret, Dominique Gaillard, Valentine Jandolin. Mais les présentations sont devenues rares, car presque tous se connaissent et se voient depuis cent ans. À la terrasse du Coquelicot, l'échange des prénoms sonnait l'ouverture de la drague. À première vue, si les vieux

41

amis de grand-père Denis et grand-mère Élisa se draguent, ce doit être autrement qu'en s'appelant Jeannette et Florimond. Un historien du comportement irait d'ailleurs se poster, le carnet et le crayon à la main, au 7, rue Barthélemy-Casier, cinquième étage face, chez mes grands-parents, il ne partirait pas les mains vides.

Pour en revenir à la question des présentations chez les humains en général, qui remplirait aisément un mémoire d'agrégation, je trouve quant à moi plus simple de donner son prénom, son nom de famille et de passer au *handshake* suivant. Évidemment, à Muriel et Carole, je m'étais présenté : « Paulo », tout simplement, mais j'avoue que, tout occupé à digresser, je ne leur avais rien dit de plus.

La robe verte et la robe bleue nous laissaient venir, elles nous demandaient si nous étions en vacances et nous leur répondions « et vous ? », et elles nous répondaient : « Non, vous d'abord. » Nous hésitions, car des vacances de dix-sept ans risquaient de ne pas faire le poids devant des vacances de vingt-sept, vingt-huit ans. J'ai dit que nous les avions passées moitié entre amis et moitié en famille.

— Oui, nous pratiquons le moitié-moitié, a dit Furtif, et ce soir nous sommes dans le moitié-moitié entre amis.

Muriel et Carole ont ébauché un vague sourire et Furtif n'a pas pu dire un mot de plus. Pour participer aux risques, je cherchais à enchaîner et je ne voyais rien d'autre que le fatal « et vous, que faites-vous dans la vie ? », qui meuble si bien les grands locaux vides de la timidité. Mais Furtif me l'a interdit de longue date au motif qu'une telle question provoque en principe la fuite de l'interlocutrice, et, si tel n'est pas le cas, elle mène rapidement aux parents, aux frères et sœurs, aux fiancés et aux goûts culinaires, donc nulle part. « Autant échanger des cartes postales », avait conclu Furtif. Y penser me donnait encore plus envie de dire la phrase interdite pour abréger mes souffrances, tout me paraissait soudain si difficile. C'est alors que le garçon est arrivé, essuyant la table avec une serpillière de poche. Muriel a commandé un Campari soda et Carole un verre de champagne. Furtif, un verre de bordeaux et moi un gin *and* tonic. Furtif m'avait également dit qu'avec celles qu'il appelle « les filles classiques, au sens large », il faut vouvoyer : tutoyer, c'est un aller direct à la conversation de copains.

Muriel, la moitié-moitié d'amie à côté de laquelle je me trouvais assis, m'avait demandé :

— Alors, ces vacances ?

C'est donc à la deuxième personne du pluriel et stimulé par une première lampée de gin *and* tonic que j'ai répondu :

— Hier, nous étions encore dans les Cévennes, c'est-à-dire des cailloux, des collines, des orages et du ciel. Nous célébrions le vingtième anniversaire de la mort de mon grand-oncle, nous étions cent et tout le monde buvait.

— Ivres pour l'anniversaire de la mort d'un grand-oncle ? a relevé Carole.

Je savais que Furtif m'avait trouvé trop « créatif » avec « des orages et du ciel », mais il a immédiatement corrigé le tir :

— Et ce grand-oncle de mon ami Paul était un évêque, figurez-vous.

— Un évêque, a dit Muriel, comme c'est intéressant !

Et, s'adressant à moi :

— Alors, comme ça, vous êtes le petit-neveu d'un évêque ?

— En ai-je l'air ?

— Même pas, maintenant que vous me le demandez. Un neveu d'évêque, ça ne se reconnaît pas du premier coup d'œil !

— Et vous, a demandé Carole à Furtif, de qui êtes-vous le petit-neveu ?

— Je ne suis pas un petit-neveu, je suis fils d'un commissaire de police.

— Un commissaire de police ? Ah, je me disais.

Et j'ai senti ce « ah, je me disais » comme ma rétrogradation immédiate dans la catégorie des enfants de Marie, avec mon évêque, qui, sous ses trois couches de granit cévenol, ne faisait pas le poids face au commissaire de police Didier Deperthuy, le père de Furtif le Loquace. Pourtant, ce cocktail d'évêché et de quai des Orfèvres

44

semblait tout à fait comestible pour nos amies. Mais, sentant leurs questions glisser vers la zone dangereuse des cartes postales, Furtif revint aux fondamentaux :

— Et alors, vos vacances ?

Muriel, c'était en Bourgogne, chez ses parents, puis en Grèce, chez des amis. Carole, c'était en Vendée, chez ses parents, puis en Grèce chez les mêmes amis que Muriel. La Bourgogne et la Vendée, c'était une semaine, et la Grèce, trois. Les vingt-sept, vingt-huit, comme les dix-sept, commencent leurs vacances par les parents.

Furtif m'a toujours vanté les vertus accélérantes du coq-à-l'âne. Et, grâce à cet âne et à ce coq qui ont appuyé en même temps sur le champignon, nous en sommes arrivés aux invitations :

— Nous avons des invitations pour demain soir au Kiss Club, vous aimeriez venir ?

— Le Kiss Club ?

— Oui, le Kiss Club, rue de Marengo, dans le Ier, un endroit très post-Castel.

— Post-Castel ?

— Oui, dans le train, nous avons rencontré le patron. Le groupe Cabine XIII, un très bon groupe rock que nous connaissons par ailleurs, y joue à partir de demain. Venez-vous ? J'ai mis le téléphone portable de Paul sur une des invitations.

— Vous êtes Paul ou Paulo ? m'a demandé Muriel.

— Les deux, ai-je répondu.

— Alors, je prends Paul.

— Kiss Club, Cabine XIII ? Pourquoi pas ? a chantonné Carole.

Furtif a tendu les invitations. Ayant vidé mon verre de gin *and* tonic, je me sentais enfin de plain-pied avec nos nouvelles connaissances. C'est alors que nous avons vu surgir des lisières obscures de la terrasse illuminée deux types dont le profil se précisait à mesure qu'ils marchaient droit sur nous et saisissaient deux chaises pour s'installer à notre table. C'étaient des trente-huit, quarante, habillés en trente-huit, quarante, couleurs sombres, chemise, pantalon, chaussures torpilles, sans esbroufe, très au point.

Carole les a cueillis en disant que ça ne se fait pas d'être en retard avec les gens que l'on connaît et pas du tout avec ceux que l'on connaît à peine :

— Nous sommes là depuis une heure, a-t-elle menti, heureusement que nous avons rencontré deux amis charmants pour nous tenir compagnie : voici Furtif, voici Paulo.

Aussitôt, les nouveaux venus nous ont serré la main avec effusion, en poussant des petits grognements amicaux, comme si notre présence était une délicieuse surprise — et je crois bien qu'elle l'était, car elle leur ménageait un amorti :

— Romain, Jean-Loup, Paulo, Furtif.

Ils se sont assis en jetant autour d'eux des regards navrés et joyeux.

Romain, immense, nez rocheux, voix de basse, poches sous les yeux, Jean-Loup, assez grand, légèrement enrobé, long nez, une grosse mouche sur une joue, poches sous les yeux, voix légère. L'un et l'autre le cheveu mi-long, l'un et l'autre exprimant négligemment une inusable petite fatigue. Ils étaient tricards pour retard. Carole leur a demandé :

— Vous avez dragué en chemin, n'est-ce pas ?

Romain a répondu :

— Oui, mais pas plus que ça.

— Et alors ?

— Alors, ça s'est mal passé, a dit Jean-Loup, les yeux au ciel : nous leur avons demandé ce qu'elles faisaient dans la vie. Aussitôt, la spirale infernale : l'une, étudiante en communication, l'autre en psycho, vous avez des frères et sœurs ? et vous ? Bref, comment dire, on échangeait, c'était l'échange...

— De cartes postales ?

J'avais soufflé le mot en regardant Furtif comme un labrador rapportant une poule d'eau.

— De cartes postales, exactement, vous connaissez l'expression, je vois. Et tout ce temps qui s'écoulait à mesure qu'approchait l'heure de notre rendez-vous, quel mauvais moment !

Face à ces désolés, Furtif et moi sommes devenus en peu de temps bègue et muet. Les deux as du repentir me faisaient penser au chat et au renard qui promènent Pinocchio dans l'île

47

Enchantée. Ils étaient experts à dire n'importe quoi, je ne perdais rien de la façon dont ils bougeaient le buste, les épaules, hochaient la tête, lançaient des regards de prestidigitateur, je notais la moindre de leurs intonations, j'essayais mentalement de mimer leurs rires qui faisaient rire. Comment la conversation en était-elle arrivée, à notre nez et à notre barbe, à tomber sur le sujet de l'érection masculine ?

— Mesdemoiselles, disait Romain, vous devez toujours avoir à l'esprit, devant une érection, qu'il s'agit chaque fois d'un authentique petit miracle.

Et il avait levé son verre de gin *and* tonic.

J'avais beau les renifler de l'œil et de l'oreille, j'oubliais aussitôt comment le Chat et le Renard s'y prenaient. Leurs conneries valaient pourtant de l'or.

— On va y aller, a dit Furtif en se levant.

— Ah, oui, exact, ai-je dit en regardant ma montre.

Tout le monde s'est dit au revoir. En m'embrassant à côté de la bouche, Muriel m'a soufflé en anglais, avec l'accent français :

— *So, Kiss tomorrow ?*

Arrivés à l'extrémité de la terrasse, nous nous sommes retournés et avons fait signe à nos nouveaux amis qui nous avaient suivis du regard. Sous les lumières du Coquelicot, la robe bleue, la robe verte, le Chat et le Renard nous rendaient nos saluts. Notre itinéraire ne traversait plus

48

maintenant que des rues vides et Furtif meublait le battement de nos baskets sur le macadam en se livrant à un de ces bilans que je redoute et espère à la fois : « Tout d'abord, tu ne te présentes pas comme Paulo, sauf si tu te trouves à la cafétéria de la piscine municipale. Paul, ça va. Ensuite, tu ne commandes pas du gin *and* tonic, ou alors plus tard : on devine qu'il n'y a ni gin ni tonic dans ta vie. Commande un verre de bordeaux. » Comment Carole et Muriel avaient-elles interprété mon gin *and* tonic ? La grenouille qui fait le bœuf ? Je pensais à elles : les reverrions-nous ? Les rues étaient de plus en plus petites et fraîches, et Furtif continuait à parler : « Enfin, quand on s'en va, on s'en va. Inutile, en te levant déjà, de regarder ta montre et de faire comme si tu avais un rendez-vous important, le 17 août, à Paris, à minuit, bronzé, avec un sac à dos. »

Je sais ce que je dois à Furtif, il l'ignore. Il sait ce que je lui apporte, je l'ignore. Nous marchons maintenant dans la rue Anatole-Chéramy et j'anticipe en pensée la rue Étienne-Mortival qui la coupe à angle droit, à mi-parcours de laquelle nous allons déboucher, à notre droite, sur la rue Barthélemy-Casier qui m'a vu naître.

3

Soirée télé

L'immeuble du 7 était abandonné. Suivi de Furtif, j'ai poussé la porte d'entrée sur le hall briqué à fond. Avant son départ pour le Portugal, Mme Cinfaes n'avait pas raté les cuivres de la loge qui luisaient sourdement sous la veilleuse, comme une cloche de yacht. Dans l'air immobile régnait une odeur d'encaustique. Au-dessus, nous sentions le poids de cinq étages de silence et de sommeil. Depuis trois semaines, les rats et les souris avaient dû commencer à se promener les mains dans les poches en sifflant, passant des poubelles vides et des caves à l'inspection des étages. Les pigeons avaient abandonné la saleté de leurs gouttières pour venir fienter sur des balcons propres et confortables. Les mites et les cafards découvraient un peu partout la Terre promise. Mais tout ce monde connaissait beaucoup d'accidents du travail. L'immeuble est défendu par des habitants disposant d'un arsenal terrifiant, dont deux chats qu'une dame du numéro d'à côté visite chaque jour.

Depuis deux ans, ma mère me laisse les clés de son appartement, au deuxième étage, où je m'installe pour quelques jours après le 15 août. Furtif est de chaque université d'été. La porte principale du deuxième palier sitôt ouverte, nous prenons possession : à main gauche, un salon avec deux fenêtres donnant sur la rue Barthélemy-Casier, qu'on appelle toujours Barthélemy Casier depuis la fois où j'ai dit à ma sœur : « Pourquoi ne l'appelles-tu pas rue Casier tout court ? » Et où elle a répondu : « Parce que je l'appelle par son nom de rue. »

En face de l'entrée, une ancienne grande buanderie transformée en cuisine-salle à manger, visiblement avec les moyens du bord, et qui est ma pièce préférée. De l'entrée toujours, mais à une heure à main droite, un long couloir tapissé de placards en pichepin mène à la chambre de ma mère et au bureau de mon beau-père Romain Pélisson. Mon ancienne chambre. Oui, Romain, même prénom que le renard du Coquelicot, mais le Romain Pélisson de ma mère n'a pas grand-chose à voir avec le renard des terrasses. J'imagine mal mon beau-père parler du petit miracle de l'érection comme on parlerait des petits oiseaux à une femme rencontrée le matin même. En fait, comme on ignore si mon père est mort ou disparu, ma mère n'est en quelque sorte qu'une demi-veuve et une demi-épouse. Ce qui fait que mon père, qui n'est pas tout à fait mort, n'a pas non plus tout à fait disparu et continue à fréquenter le 7 à sa façon.

Nous avons pris une douche dans la salle de bains de ma mère, passé un T-shirt neuf et envahi le lit nuptial frais et repassé et commencé à regarder la vieille cassette de *L'Empire des sens*, que nous laissons toujours hors d'atteinte, au fond d'un placard du couloir. À la cuisine, j'avais trouvé du pastis, du Campari, des glaçons, du Perrier et une boîte de thon à l'huile d'olive. Nous avons mangé le thon en buvant du pastis et fumé. Projection privée, belle sérénité. Commentaire de Furtif à mi-film : « une ardeur, des hardeurs », puis il a jeté son polochon à terre : « Je meurs de sommeil, je vais dormir et rêver que je me masturbe », et il s'est endormi.

Deux heures plus tôt, en quittant la terrasse du Coquelicot, j'étais affamé, je rêvais de dormir. Maintenant je n'avais plus sommeil, je n'avais plus faim, Furtif ronflait, il était onze heures du soir passées et la nuit tombait à peine. Je me suis dirigé vers la cuisine. Dans un placard, j'ai déniché des bouteilles de vin rouge, j'en ai débouché une. Je me suis assis sur un tabouret, le verre à la main, et j'ai contemplé ce petit univers familier qui avait été le mien jusqu'à ce que Rol, ma mère, m'ait fait, il y a trois ans, installer une chambre de bonne au-dessus du cinquième. Dans la cuisine, seulement éclairée par un réverbère de la rue Barthélémy-Casier, rien n'a changé. Toujours le même aspect de bricole confortable et bien briquée, le même mélange de rangements vitrés modernes comme on en voit dans les publicités et de placards en Formica fatigué comme on en voit chez les économiquement faibles. La grande, lourde et vacillante table en bois venait de chez grand-mère Élisa, quand, à la retraite de grand-père Flahault, elle avait opéré un coup de neuf chez elle, au cinquième. Au-dessus du frigo, vétéran datant d'avant ma naissance qui fabriquait vaillamment son froid d'une voix de grillon enroué, se dressait une haute lampe à abat-jour crème et au pied de bronze tordu par une chute. Dans les dessins humoristiques représentant un ivrogne accroché à un réverbère, le réverbère, a, lui aussi, l'air d'avoir un coup dans l'aile. C'est bien le cas de cette lampe du frigo, qui semble avoir abusé de la bouteille. Mais alors, attention à l'éclairage, lunettes noires conseillées ! Dès qu'on allume ce luminaire mal fichu, ses quatre ampoules de 75 watts illuminent violemment toute la cuisine, le sol carrelé, les tuyaux d'eau, les tuyaux de gaz, le râtelier de torchons, les batteries de poêles et de casseroles et même, sur le buffet, le transistor qui attend la réforme depuis des années et dont les chromes, soudain ragaillardis, brillent de leur modernité d'antan.

Cette nuit-là, je me contentais, bien sûr, de

l'éclairage, indirect et pâle, de l'enseigne au néon de l'hôtel Davenport, seule trace de vie alentour et qui accompagnait un agréable sentiment de solitude et de vagabondage immobile. Une image de la robe verte de Carole s'ouvrant et se refermant sur sa culotte en appelant une autre de *L'Empire des sens*, où la servante devant son maître introduit des œufs durs dans sa fente, une autre enfin, où les hanches de Mara dansaient la sarabande et lâchaient tout sur moi, j'ai posé mon verre, je suis allé me poster devant le grand évier, je me suis déboutonné, je me suis branlé et je me suis rincé longuement à l'eau fraîche sous la fontaine du tuyau de caoutchouc, ce qui, si on est de bonne humeur, à un côté thermal. Je n'avais pas rendu visite à mon ami l'évier depuis bien longtemps. J'ai pratiqué ma première masturbation à onze ans, alors que je lisais *Les Chansons de Bilitis*. C'est cette Mnasidika, amante de Bilitis, chevauchant à cru une branche moussue, qui m'a fait sauter le pas. Je connaissais, bien sûr, l'existence de la masturbation. J'en ai découvert l'aubaine grâce à Mnasidika, qui n'existe pas mais que j'imagine, me remémorant la description que fait Pierre Louÿs de l'excitante saphique, ressemblant assez à Mara. J'aimerais voir une fille se masturber devant moi et en faire autant devant elle. Je me rappelle, il y a deux ans, à la fête de La Bâtie, m'être trouvé, par hasard, espionnant une conversation entre femmes dont le sujet était la

55

masturbation, manifestement la féminine. Elles semblaient modérément enthousiastes, à l'exception de Claire Fougereau, que je n'ai pas oubliée disant : « Se faire menotte ? C'est délicieux, un petit coup de guitare et on ne peut pas se rater. »

En tout cas, ce soir, je ne m'étais pas raté. Je me sentais bien. Alors que cette vague et familière douleur avait déserté ma jambe pour un moment, je suis passé invisiblement de cette brave cuisine un peu blafarde à une autre cuisine, longue, étroite, bleu Gauloises, dont la fenêtre domine une rade au clair de lune. Il est cinq heures et la nuit commence à pâlir. À la table de bois, je bois une bière en trempant des tomates dans l'huile et je lis *La Matrice* de T. E. Lawrence, en poche. C'est un clair de lune humide dans un ciel nappé, la mer est argentée, d'un argent terne, laiteux. Un pointu apparaît, silencieux, avec son lamparo en boule de lune rousse, progressant à travers le temps inerte et le désert acoustique. Enfin, on discerne un *teuf* cotonneux, puis plus rien, puis deux *teuf* séparés, et c'est alors, sur mon tabouret, que j'ai dû m'endormir simultanément dans la cuisine bleue et dans les bras du hasard qui m'avait couché dans le poste avant du pointu. J'en ai été débusqué par une lointaine sonnerie de téléphone portable, celui de Furtif, qui parvenait faiblement depuis la chambre nuptiale. Il a sonné plusieurs fois et s'est tu. Furtif dormait. Puis, la sonnerie à nouveau, mais deux fois seulement : Furtif devait écouter la messagerie. Le silence retomba quelques minutes, mais, quelque part, on insistait : encore le portable. Furtif criait :

— Paulo, viens !

J'ai couru à la chambre. L'œil mité, ébouriffé, Furtif me tendait son téléphone :

— Vas-y, réponds, c'est Claire, vois ce qu'elle veut !

— Pas question, c'est toi qu'elle appelle.

— Vas-y !

Il a appuyé sur la touche verte et m'a lancé le portable. C'était Claire.

— Allô, c'est toi, Olivier ?

— Non, c'est Paul, je suis avec Furtif, on est chez mes parents.

— Les parents sont là ?

— Non, juste Furtif et moi, pour trois jours à Paris.

— Qu'est-ce que vous faites ?

— On regarde la télé.

— Je peux parler à... Furtif ?

J'ai jeté l'appareil à Furtif qui se tordait comme un ver en faisant non de la tête et je me suis éclipsé. Très énervé, j'ai parcouru l'appartement en allumant partout, y compris dans la cuisine où je me suis servi un verre de vin. La vision de la tête de Furtif, servie sur un plateau, l'œil vitreux, avec une touffe de persil dans les narines, ne suf- fisait pas à me guérir de mon énervement. Et puis, à mesure que je me fâchais tout seul, la Loi de l'Hospitalité a fait son entrée dans mon âme, désignant, à la clarté incandescente de la lampe du frigo, l'Hôte sacré, Furtif l'efflanqué, l'hirsute, le grand, le maigre ami à la triste figure, aux pantalons en tuyau de poêle, aux chaussures à semelles de crêpe. Oui, il devait se sentir chez moi comme chez lui. C'est d'ailleurs ce qu'il faisait. Il est apparu à la porte de la cuisine, habillé, coiffé, aimable, souriant, et s'est servi un verre.

— Elle vient, a-t-il dit, comme s'il était heureux d'être le premier à m'annoncer la bonne nouvelle.

— Ah bon ! Quand ça ?

— Maintenant, elle est à cinq minutes d'ici.

— Que fait-on ?

— On fait le lit, on range la chambre, on installe un plateau avec trois verres et des bouteilles devant la télé, lumières légèrement tamisées avec les carrés de soie de ta mère...

— ... et, donc, elle sonne, on lui ouvre, bonjour Claire, et en avant la routine, direction la chambre à coucher ?

Furtif a levé les yeux au ciel et haussé les épaules :

— Mais ça l'amuse, mon cher, elle s'amuse et rien d'autre. Elle vient regarder la télé avec nous, voilà tout.

S'il était aussi sûr de lui, si Claire Fougereau possédait son numéro de téléphone portable et l'avait appelé ce soir, c'est que la nuit où j'avais décliné son invitation à dormir tête-bêche avec elle dans le petit lit de la chambre de La Bâtie, Furtif, passant peu après à ma recherche, avait opté sur-le-champ pour le tête-bêche. « Dans le noir, racontait-il, Étienne Fougereau et Jacques Montiel ronflaient dans des couvertures à même le sol. Le tête-bêche était très bien, très frotteur, très tripoteur, mais, en même temps, les ron-fleurs, le lit qui grinçait... » Il est sûr que Furtif ne risquait pas de rencontrer les mêmes inconvé-nients dans la chambre de ma mère, où les lois de l'hospitalité lui offraient de bon cœur le confort moderne et le goût Scandinave. Mais je tenais à faire sentir à mon ami que je me tiendrais résolument du côté du personnel et que je ne souhaitais pas me mêler à la clientèle :

— Moi, je ne regarde pas la télé avec vous, je dis bonjour, j'accueille et je disparais.

— Non, s'il te plaît, tu n'es pas le garçon d'étage. On boit d'abord ensemble, on discute, et, à un moment, tu te lèves et tu sors tranquil-lement, ton verre à la main.

J'ai sursauté en entendant un bruit de moteur, le premier à retentir depuis notre arrivée rue Bar-thélemy-Casier : Claire garait sa voiture en bas de l'immeuble. Furtif, après avoir descendu coup sur coup un verre de rouge et un verre d'eau, a couru s'asseoir dans le fauteuil rouge du salon, le plus éloigné de la porte d'entrée. On sonnait, j'ai ouvert : elle souriait dans un tailleur de lin gris pâle et sentait le jasmin. Elle avait domestiqué son abondante chevelure et je reconnaissais à peine la Claire en jeans et en cheveux que j'avais laissée deux jours plus tôt à La Bâtie. Tout en m'embrassant, elle cherchait Furtif du regard : il est arrivé du salon, comme s'il venait d'interrompre sa lecture au coin du feu, un épagneul à ses pieds. Il souriait d'une espèce de petit sourire chinois, il marchait en crabe et il a salué Claire — « comme tu es belle ! » — d'une voix grave, toute sonore de sérénité virile. L'entrée cocasse de Furtif n'a en rien grippé le déroulement du scénario tel qu'il l'avait imaginé. Ailleurs, il pleuvait peut-être des contrariétés. Pas ici, pas ce soir : notre visiteuse se laissa mener sans façon et s'intégra parfaitement à une ambiance barterrasse-chambre à coucher, dans un cadre familial, décontracté et flirteur. Sur la chaîne, Furtif avait mis Jonathan Katz, le pianiste du Hyatt, que Romain, mon beau-père, m'avait rapporté de Tokyo au printemps. Pendant huit jours, je l'ai traîné dans ma poche dans l'espoir de me faire valoir auprès des filles, mais elles s'en fichaient complètement. En tout cas, Claire nous complimenta aussitôt pour la musique tandis que Furtif l'invitait à s'asseoir sur la moquette en s'adossant au lit bien refait, devant la télé où s'affrontaient les géants mélancoliques du sumo : on ne quittait pas Tokyo. « J'adore le sumo ! » a dit

Claire, ajoutant aussitôt : « J'adore être ici ! » Sur le plateau des rafraîchissements, il y avait du vin, du Ricard, du whisky et même du saké, car mon beau-père y avait pris goût au Japon et s'en était constitué une réserve. Nous avions sorti du Frigidaire un magnifique magnum de Kubota bien froid avec de magnifiques idéogrammes sur l'étiquette. Et comme, décidément, notre petit orchestre jouait juste, Claire s'est écriée : « J'adore le saké ! » en s'installant entre nous et en ajustant ses coussins. Tout le monde a pris du saké et en a repris. On commentait le sumo, on passait à autre chose. Je ne parviens pas à me rappeler les conversations qui musardent à la légère, comme c'était le cas ce soir-là : nous étions si naturels, Claire étant de loin la plus naturelle des trois. Furtif et moi étions, je pense, quasi surnaturels. Cette cascade d'harmonies me rassurait et l'hôte en moi se cabrait de fierté. Je fumais cigarette sur cigarette, je buvais saké sur saké. Claire se tournait souvent du côté de Furtif, qui glissa son bras derrière elle, le bras appuyé, non pas sur l'épaule de Claire, mais sur le bord du lit, en touchant un peu la nuque au passage. En se tenant ainsi, il se tordait le bras, le dos et les hanches, tout en affichant un style décontracté. Il se contorsionna à nouveau, cette fois pour aller vers le meilleur. Il descendit d'un cran et enlaça les épaules de sa voisine qui, aussitôt, se nicha. Peu à peu des chuchotements et des dorlotements signalèrent une dramatisation en marche. J'attendais le geste discret que Furtif devait m'adresser pour effectuer ma sortie, mais, comme sa bouche ne rompait pas une seule fois le contact avec celle de Claire depuis quelques minutes, il m'était techniquement impossible de coller au scénario, alors je rallumais une cigarette et me servais un autre saké. C'était un peu la folie dans la maison des parents. Je demeurais l'œil rivé sur l'écran. Les sumos avaient fait place à Gary Walt, un plagiste en chemise Hawaii qui vendait un système à muscler le cuir chevelu en cinq semaines, rangeable sous le lit. Des froissements divers me firent tourner la tête du côté du couple en formation : ayant jeté sa progressivité aux orties, Furtif, d'un geste assez radical, avait remonté la jupe de Claire sur ses fesses, c'est-à-dire sur le versant de Claire qui, j'ose dire, me faisait face. Si bien que, sans avoir à bouger, j'avais sous les yeux un rond et généreux derrière, à peine gardé par une petite culotte de satin tilleul qui, par endroits, disparaissait. C'est alors que j'ai vu surgir, derrière l'autre versant de Claire, le visage tourmenté de mon ami, très décoiffé et qui me faisait signe en roulant des yeux qu'il était pour moi temps de disparaître. Sans obtempérer, tout en lui indiquant de l'œil le versant de Claire qui lui était caché, je lui exprimais à quel point c'était un spectacle extraordinaire, et, comme il s'agitait encore plus, j'ai procédé à des mimiques et à des grimaces de troisième choix qui voulaient dire, à ne pas s'y tromper : « Cul magnifique ! » Et je me suis éclipsé calmement, mon verre d'une main, la bouteille de saké de l'autre.

En fait, c'était la première fois que je voyais Claire à Paris. Je ne l'ai jamais vue qu'à La Bâtie où je l'ai connue jeune fille, jeune mariée, jeune mère. Elle avait dix-neuf ans quand je suis né, elle m'a connu nourrisson, m'a porté dans ses bras, m'a langé. Comme, plus tard, j'ai porté Mara dans mes bras. Elle avait six ans, moi dix. Je l'avais emmenée sur un chemin de crête, un chemin facile et bien damé par les pas humains, qui domine de part et d'autre deux étendues de paysages. Elle était contente d'être avec un garçon et j'aurais pu tout aussi bien, et même mieux, la mener voir les voitures garées un peu partout, mais elle était très contente des paysages et elle voulait toujours marcher plus loin pour continuer à regarder les gorges et les lointains le plus longtemps possible. Elle demandait si elle pourrait arriver jusqu'à l'autre bout de la vallée avant de mourir. C'était il y a sept ans : un peu moins de la moitié de ma vie. Un orage du 15 août nous était tombé dessus et avait exécuté à notre intention la colère, la mort et la nuit du monde. J'avais emporté la petite Mara dans mes bras à la recherche d'un abri de berger au pied d'une restanque, nous étions à essorer, la foudre était partout, elle nous coursait, mais j'ai trouvé l'abri, où j'ai pris sur mes genoux Mara qui grelottait en silence en l'entourant de mes bras. En courant, je m'étais récité : « *Wer reitet so spät durch Nacht und Wind ? — Es ist der Vater mit seinem Kind.* » « Qui chevauche si tard dans le vent et dans la nuit ? — C'est le père, avec son enfant. » Grand-père Denis m'avait appris les premiers vers *d'Erlkönig*. Il aurait aimé que j'étudie l'allemand au lycée. C'est ce que j'ai fait : allemand et espagnol en langues vivantes. Et puis l'anglais, qui s'apprend partout.

J'étais allé m'allonger sur le canapé du salon avec un verre et une bouteille neuve de saké bien froid, que je venais de déboucher, je commençais à avoir faim et je laissais défiler devant moi cette nuit d'août dont j'éprouverais de mémoire la chaleur, en même lieu, l'hiver suivant, quand le parfum des oranges flotterait à travers les maisons refroidies, « laisser passer pour voir ce qui s'est passé, voir ce qui s'est passé pour voir ce qui se passe », comme dit M. Alekos.

La voix de M. Alekos s'était à peine éteinte qu'une forme attira mon regard à l'entrée du salon. Pieds nus, les cheveux mouillés, vêtue d'un peignoir blanc qu'elle avait dû trouver dans un placard de la salle de bains, Claire souriait :

— Tu n'as pas faim ?

— Si, je vais faire des pâtes.

Je ne sais pas si cela se passe ainsi avec son mari Étienne, mais, ici, Claire adore tout :

— J'adore les pâtes, je mets l'eau à chauffer.

— Non, laisse, je m'occupe de tout, je connais la maison, assieds-toi et sers-nous du vin.

J'installe trois assiettes sur la table de la cuisine :

— Deux assiettes seulement, Furtif dort.

Finalement, nous nous sommes installés au salon. Allongés face à face en travers du grand canapé, nos assiettes sur les genoux, nous avons dévoré les pâtes en poussant des cris de gourmandise. Nous ne nous quittions pas des yeux et pas moins des jambes, Claire était rieuse, et, une fois les assiettes posées par terre, elle a replié ses jambes, entrouvrant son peignoir, le laissant entrouvert. Elle était assise de trois quarts et je ne pouvais détacher le regard de son peignoir, serré à la taille et dont l'arrondi, soudain métamorphosé par sa nouvelle pose, dominait tout mon champ de vision. J'étais affamé de cette bonne géante déployant nonchalamment le tout d'une femme, devant moi qui savais juste un peu du tout d'une fille. Je voulais voir ses fesses. Elle se souleva à demi pour remonter son peignoir, renouvelant le choc produit devant les sumos de la télé, lors de sa première apparition postérieure. Je lui dis qu'elle avait commencé à me troubler, à La Bâtie, l'été où elle était apparue pour la première fois avec un derrière de femme. Je pensais que le sujet l'intéressait autant que moi. J'étais tombé juste :

— Alors, je te troublais ?

— Oui, mais comme j'avais quatorze ans, j'avais du mal à faire passer le message.

— Et alors ?

— Alors, pour l'instant, j'ai vraiment envie de regarder ton cul.

Sans un mot, elle s'est mise à genoux en me tournant le dos, elle a laissé glisser le peignoir d'éponge, a placé ses genoux de part et d'autre de moi et m'a califourchonné, de telle sorte que je me trouvais d'un coup à portée de bouche du vertigineux sillon de sa fourrure, de l'entrouverture perlante de la source et du petit couffin satiné gris-mauve. C'était une grande découverte. Elle me goûtait sans impatience, me faisant lentement fondre dans sa bouche, tandis que je la léchais. Un petit pas pour l'humanité mais un grand pas pour Paul Newman. Elle s'est retournée pour me dire :

— Continue, moi je te regarde.

J'ai continué comme elle me le demandait, tout en m'interrompant parfois pour la regarder me regardant. Nos mains s'attrapaient et se serraient à la cadence des alertes, et, au moment où nous sommes morts enlacés à l'envers, chacun sur la bouche de l'autre, j'ai pensé tout haut : « Alors, voilà, c'est ça, l'école de la vie, ou je ne m'y connais pas ! » Ma maîtresse d'école était venue en riant s'installer dans le creux de mon bras, elle avait posé sur mon épaule sa tête de

trente-six, trente-sept, que j'avais vue passer de
la jeunesse à la beauté sans en avoir jamais eu
conscience avant ces péripéties magiques, dans le
cadre du salon de ma mère, qui vivait sans doute
une première. Claire me caressa la joue et dit :
« Je passe une belle nuit en compagnie d'un mai-
grichon à la peau douce. » En fait, je n'étais pas
rasé depuis deux jours, comme quoi, à mon âge,
on n'est pas à l'abri du duvet. Sans prévenir,
d'anciennes images me revenaient. À huit ans,
quand j'étais seul dans l'appartement, j'allais parfois fouiller dans les tiroirs de la commode de ma
mère. J'avais passé à tout hasard des gants en
latex blanc pour ne pas laisser d'empreintes.
Dévoré de honte et d'intérêt, j'ouvrais un tiroir
qui contenait les bas, les collants, les soutiens-
gorge, les culottes. Tous n'étaient pas sortis de
leur emballage. Il y avait un mélange de soutiens-
gorge et de culottes non repassés, en boule, qui
intimidait la main, même gantée. En ce moment
même, des millions de petits garçons de par le
monde s'ennuient un peu. Tout à coup, ils sautent
en l'air en s'écriant : « Tiens, si j'allais rendre
visite aux culottes de ma mère ? »

Avec Claire dans mes bras, je regardais mon
passé fétichiste de haut, mais je le gardai pour
moi. Depuis un moment, nous nous taisions. Je
ne cherchais même pas quelque chose à dire, ce
qui ne me ressemble pas, car je crains habituellement les silences. Tout à coup, elle me demanda :

— Quand je te troublais à La Bâtie, qu'est-ce que ça donnait ?

— Des idées.

— Quel genre ?

— D'abord, tu étais une des grandes... (Et là, j'ai vu que le côté « grande parmi toutes les autres grandes » ne marchait pas du tout, mais, loin de me rectifier, je me suis embarqué de travers.) Je vous regardais, vous et vos maris, tous en short, avec des chaussures de marche, des sacs, des grandes chaussettes et des plaids, vos maris étaient beaux, bruns, modernes et assez purs, je crois.

— Et les fantasmes féminins, alors ?

— Eh bien, je me rappelle le premier : j'ai treize ans, je remonte de la cascade derrière toi, j'attrape ton derrière, tu te laisses faire, les autres s'éloignent, je me couche en tremblant sur toi et j'écarte ta culotte sans la retirer. Une histoire que je me racontais d'une main.

Les fantasmes inspiraient Claire plus que les potins de sacs à dos des grandes de La Bâtie. Nous avons basculé sur la moquette, et comme nous n'étions désormais plus « fesses-bêche », j'ai découvert ses très, très beaux seins. Encore une fois nous nous sommes laissés porter par nos pas et le sommeil nous a trouvés au pied du canapé. Quand je me suis réveillé, Claire, perchée sur une chaise de bois, faisait à l'eau froide ses ablutions dans l'évier de la cuisine avec une grâce acrobatique, sans pudeur ni impudeur. Je suis allé chercher pour elle ma brosse à dents et mon dentifrice, ainsi que ses affaires (dont la petite culotte tilleul), qui se trouvaient dans la chambre où gisait Furtif, encore en réanimation. Elle s'est habillée et coiffée en peu de temps, devant moi qui la regardais se glisser paisiblement dans les instants à venir. Elle m'a demandé mon portable, y a enregistré son numéro, puis a enregistré le mien. Elle s'est chaussée, a attrapé son sac, m'a embrassé gentiment et je lui ai ouvert la porte. Tandis que je la voyais s'éloigner dans l'escalier et se retourner pour m'adresser un sourire avant de disparaître, je me la rappelais en même temps au moment, si ancien déjà, où elle était arrivée cette nuit, vêtue de gris pâle, le regard amusé. Il était cinq heures. Appuyé au balcon du salon, j'ai regardé Claire s'installer au volant de sa voiture et s'éloigner entre les façades aveugles et muettes de la rue Barthélemy-Casier, figées dans la pâleur aiguisée du soleil naissant. J'ai regagné le salon, je me suis assis en bouddha à un angle du canapé où flottait un mélange de jasmin, de tabac froid et d'images qui, tout en se dissipant, ne s'effaçaient pas vraiment. Ce n'était pas assez pour me tenir éveillé : dès que nous avions posé le pied sur le quai de la gare de Lyon, mon sac d'impressions particulières n'avait cessé de gonfler ainsi que mon envie de dormir, et, tandis que le chat de Pinocchio apparaissait vêtu du tailleur de Claire, je me promettais de garder pour plus tard l'inspection de mon butin. J'ai fini par oublier que je dormais.

Immédiatement, j'ai rêvé. C'était dans le Hameau de la Reine, à Versailles, dans une ambiance préromantique. Appuyé au balcon du petit phare, au-dessus du lac, vêtu d'une immense chasuble de satin brun violet, coiffé d'un chapeau rond de velours auburn à l'anglaise, chaussé d'escarpins à boucle, Furtif contemplait fixement les carpes s'ébrouant plus bas. Je ramais moi-même sur un esquif, en direction du phare. J'étais vêtu en marin, coiffé d'un bonnet rouge, maillot à rayures bleu et blanc, pantalons à rayures verticales rouge et blanc, et, étrangement, chaussures à boucle. Quand Furtif m'aperçut et me reconnut, il se redressa noblement et orienta vers moi un visage d'une infinie pâleur. Il me parla sans que je l'entende, ses yeux d'une tristesse sans consolation pleuraient sans larmes et il me regardait, et il me regardait. Le courant m'empêchait de parvenir à sa hauteur et je criais, sans qu'il m'entende : « Il faut absolument que tu m'écoutes : je dois te dire pourquoi j'ai violé ta sœur, tué ta mère et humilié ton chien. » Et, terrassé de mélancolie, j'entendais au loin le cri hivernal d'un héron solitaire.

C'était bien une voix de héron, celle de Furtif, mal réveillé et maussade, désireux de faire partager ses désagréments. En caleçon et T-shirt, il avait perdu de son élégance du Hameau de la

Reine. Pendant que je faisais chauffer de l'eau pour le café, il s'est planté sur un tabouret. Il semblait chercher quelque chose du regard, et, en cet instant, n'avait pas l'air intelligent.

Le café lui a remis les idées en place. Je m'abstenais de lui poser la moindre question sur ses moments d'intimité avec Claire et pourtant j'en avais envie. Par chance, il a abordé le sujet de lui-même :

— Avec Claire, je dois te dire que je n'étais pas dans la course : tout d'abord, j'ai pris un faux départ, ensuite je me suis arrêté au stand au premier tour.

Traduit du vocabulaire de la F1 qui aidait Furtif à prendre ses distances par rapport à une réalité décevante, cela voulait dire que Furtif avait connu une première et incontrôlable extase avant même d'être dans le vif du sujet et que la seconde extase, tout aussi intempestive, s'était produite alors qu'il venait à peine d'entrer dans le vif du même sujet. La barque de Furtif, le théoricien magnifique, s'était échouée sur le récif féroce de l'éjaculation précoce.

— Elle a été vraiment bien, reconnaissait-il chevaleresquement, elle a parlé gentiment. Ça ne m'était encore jamais arrivé, enfin, il faut dire que Claire est vraiment très, très impressionnante, c'est une femme *femme*, je te prie de me croire.

Je ne pouvais demeurer sans approuver :

— En effet, pour moi qui ne connais rien aux

femmes *femmes*, Claire est réellement la première femme *femme* que je rencontre.

Furtif s'immobilisa un bref instant, puis, tout en me scrutant :

— Oui, mais quand on est nus l'un contre l'autre, ce n'est pas le même genre de rencontre.

— Absolument. D'ailleurs, que penses-tu de ses seins ? Ils sont très, très beaux, non ?

Furtif comprenait ce qu'il ne souhaitait pas entendre. Il connaissait déjà la réponse à la question qu'il me posa :

— Tu as vu les seins de Claire ?

— Oui.

— Elle n'est pas rentrée chez elle ?

— Si, tout à l'heure.

— Vous êtes restés ensemble ?

— Oui.

Furtif comblait les vides de son sommeil. Je lui ai tout raconté en détail, non seulement parce qu'il en mourait d'envie mais parce que je savais que, si je lui avais fait un résumé synthétique et allusif, il aurait passé des semaines à me tirer les vers du nez, je le sais, c'est exactement comme ça que j'agirais. Curieusement, à mesure que j'avançais dans mon récit, interrompu par son désir de détails supplémentaires, Furtif ressemblait de plus en plus au Furtif du Hameau royal, plongé dans une haute mélancolie, et moi j'étais dans la barque et je criais : « Laisse-moi te dire, pour Claire », mais il ne m'entendait pas. Campé dans son caleçon et son T-shirt, il a conclu :

— Tu as bien fait.

Il l'a dit en romain dont les paroles passent directement dans le marbre et sont aussitôt rangées à côté des sentences de Caton. Et comme toute sentence romaine, celle de Furtif tenait sa valeur du contexte.

Assis de part et d'autre de la grosse table de grand-mère Élisa, nous buvions un café en grignotant des biscottes sans beurre et sans confiture et je voyais le visage de mon ami s'éclairer : l'Attristé du Phare du Hameau regagnait à pas rapides le pays des jours qui se suivent. Furtif, désormais gaillard et maniéré, épiloguait d'une arrière-cour d'auberge, encombrée de gens, de poulets, de tonneaux et de musiciens errants :

— Récapitulons ce retour à Paris qui s'annonçait sans histoires, disait-il. D'abord, le TGV fantôme avec Chris Cuvier au wagon-bar, puis la terrasse du Coquelicot, avec Braguette Ouverte de la tribu des loups, puis la robe verte de Carole, la bleue de Muriel, les Campari soda, les gin *and* tonic avec le Chat et le Renard, enfin l'arrivée à Barthélemy-Casier, dans la perspective d'une soirée télé et d'une nuit réparatrice. Et voilà que Claire appelle et que l'imprévu dicte sa loi et notre bilan s'enrichit d'une branlette en cuisine, d'un soixante-neuf et d'une pénétration classique au salon, et, dans la chambre nuptiale, de deux éjaculations hâtives, qui, après tout, ont aussi leur mot à dire.

4

Les célibataires

Nous venions de dévaler l'escalier quand nous sommes tombés dans le hall d'entrée sur Vic Morton, fermant la porte du rez-de-chaussée qu'il habite en face de la loge de Mme Cinfaes. La serrure étant basse, il se tenait un peu de travers. On voyait à quel point ses vêtements étaient bien coupés à la façon qu'ils avaient de se solidariser avec le moindre de ses gestes, même le plus exagéré. Le visage long et maigre, le crâne petit, surmonté d'une calotte de longs cheveux blonds et maigres coiffés en arrière mais laissant tomber au passage quelques mèches, genre ancien de Charterhouse, un long nez sec et osseux, de petits yeux bleus incroyablement bleus, un minimum de lèvres, des grandes dents et, bien sûr, des taches de rousseur, dont l'absence n'aurait pas collé avec le reste. Rasé de près, parfumé d'un frais bouquet de Londres, portant une veste de lin crème et des pantalons clairs, pieds nus dans des mocassins à peine plus épais qu'une peau de chamois : on ne se risquait guère à lui trouver le type anglais. Furtif et moi avions dormi à peine deux heures, tirés d'un drôle de sommeil par mon réveil de fer *made in China*. Nous sortions de notre douche, en retard à notre rendez-vous, et nous n'étions pas aussi frais que Vic, devant sa porte, tout neuf, se disposant à prendre le trottoir en marche. Détective en affaires financières, il occupe le rez-de-chaussée depuis une dizaine d'années. Un ex-espion, j'imagine, car il m'a un jour confié avoir appartenu autrefois au MI6. Dans le hall, il se retourne à notre passage.

— Ah, vous êtes déjà arrivés ? Bonne nouvelle, je reste à Paris deux, trois jours : êtes-vous encore là demain soir ? Dans ce cas, dînons ?

Je m'apprêtais à suivre Furtif qui fonçait vers la sortie, quand Vic me retint :

— Oh, Paul ! J'étais avant-hier dans une maison amie, près de Hossegor, où se trouvait également ta mère, que j'ai saluée, et une Mara qui doit te connaître puisqu'elle m'a dit que tu serais sans doute à Paris en même temps que moi. Cette Mara a quelque chose.

J'ai rejoint Furtif qui marchait sous le soleil à grands pas réguliers et impatients vers la station de métro. Nous devions changer à Invalides puis descendre à Varenne. Si nous n'avions pas été en retard, nous aurions fait le chemin à pied : quarante minutes de bonne marche, avec traversée de la Seine au pont Alexandre III, pour se rendre de grand pas de la rue Barthélemy-Casier au musée Rodin, où nous devions retrouver Agnès Fischbacher et Adham Shariat. Je bénissais le Ciel que notre retard ait rendu inenvisageable une de ces marches au pas de trimardeur où je finis toujours par traîner la patte et qui plaisent tant à Furtif. Descendant d'une lignée d'arpenteurs aux croquenots infatigables — père policier, grand-père garde-chasse, arrière-grand-père braconnier —, il marche, le souffle long, à grands pas réguliers, et, si l'on n'y prend garde, on ne voit bientôt plus que son dos qui s'amenuise à chaque foulée de ses semelles crêpe pointure quarante-cinq. Depuis mon histoire de jambe, je peux marcher très longtemps, mais pas trop vite. J'en tiens compte. Aussi, dans le wagon de métro, s'accrochant à une barre d'aluminium, Furtif, interdit de ses jambes, avait-il ronchonné du nez, des yeux et de la bouche comme un coursier entravé. Au musée Rodin, une caissière nous vendit des billets, et un déchireur de billets, posté deux mètres plus loin, les déchira cordialement. Nos premiers pas dans le jardin nous conduisirent à la *Porte de l'Enfer*, où Dante et Rodin s'allient dans une terrible et définitive apothéose de bronze : des corps brûlaient, se tordaient de remords profonds et vains, des vies se jugeaient en direct à l'aune de la mort sans anesthésie — je ne manque jamais de frémir à la vue cette porte de l'Enfer ouverte devant moi. À quelques pas de nous, une

guide expliquait à ses jeunes ouailles espagnoles :
« L'accueil : renouvelé. La billetterie : renouvelée.
Les toilettes à l'entrée : renouvelées. Le café-
restaurant dans le jardin : renouvelé. Les toilettes
du jardin : renouvelées. Les toilettes du bâtiment
principal : renouvelées. » Grâce au renouvel-
lement général des utilités, Auguste Rodin accé-
dait à son tour aux normes internationales.

Le jardin fourmillait de jeunes touristes qui
allaient par paires ou par groupes et qu'obser-
vaient à distance des meutes discrètes et silen-
cieuses de dragueurs à l'affût sur les bancs de
pierre. Nous avions rendez-vous à la terrasse du
café-restaurant, baptisé, aux normes touristiques,
Le Jardin de Varenne, que nous avions rebaptisé
Au Libre Penseur. Agnès Fischbacher, arrivée la
première, nous attendait en terrasse, vêtue d'une
minijupe rose pastel, d'un T-shirt ocre, d'une
veste de toile légère bordeaux et chaussée de san-
dales chinoises noires à barrette. Elle nous laissa
à peine nous asseoir, et, tout en s'ébouriffant de
la main, geste qui lui était familier quand elle était
excitée :

— Ça y est, dit-elle d'une voix froide, je tiens
ma vengeance contre Adham Shariat. Je vous
raconte avant qu'il arrive.

Il y a, chez l'Adham en question, une faiblesse
un peu plouc pour les canulars et les farces et
attrapes. Sa dernière victime, peu avant les
vacances, avait été Agnès. D'après lui, elle avait

une cote d'enfer avec Frédéric Palmer, un type de la classe, pas mal d'ailleurs, et auquel Agnès elle-même n'était pas indifférente, ce qui avait un peu énervé Adham. Tout au long de l'année, par la faute d'un mélange commun de timidité et de fierté, Agnès et Palmer s'étaient tourné autour, de loin. C'est ce que nous avait raconté Adham pour obtenir notre participation à un dîner au restaurant au cours duquel on mettrait fin à une année de temps perdu : « Nous n'avons qu'une vie, dit toujours Adham, il ne faut rien perdre. » Le dîner eut donc lieu comme prévu, au Petit Palmier, agréable et pas cher. Nous étions six, car Furtif et moi avions invité Jeanne Berthet, une amie sans problème, afin qu'Agnès ne se retrouve pas seule avec quatre types, précaution qui n'avait nullement effleuré Adham. Ce qui ne nous avait pas davantage effleurés, c'est ce que, après nous avoir fait asseoir selon son plan de table, Adham Shariat était allé dire à l'oreille d'Agnès. Nous l'avons appris plus tard, quand il ne pouvait plus se dépêtrer de sa bonne blague. La phrase qu'il avait laissée couler comme un poison noir au creux de l'oreille d'Agnès était : « Je viens d'apprendre que Palmer a un cancer de l'anus. Je devais te le dire. » Agnès commença aussitôt à vivre le dîner sous le signe du cancer de l'anus de Palmer, lequel était en pleine forme et faisait le beau pour Agnès, convoitée d'un côté et déjà garde-malade de l'autre. Frédéric Palmer, ignorant le mal qui le frappait, ne comprit pas pourquoi une soirée aussi bien organisée et commencée avait pu s'achever sur un maigre au revoir affectueux devant Le Petit Palmier. Il ne comprit pas davantage pourquoi, malgré tout, Agnès continuait à se préoccuper de lui, à lui parler de régimes alimentaires et à avoir avec lui des conversations de sœur. Et, par un effet boomerang qu'Adham n'avait pas prévu, elle revenait sans cesse l'interroger sur le cancer de Palmer. Le manipulateur pervers fut bien contraint de confesser à sa victime l'invention pure et simple de ce *Carcinus horribilis*. Agnès n'a pas pardonné. L'heure donc de la vengeance était venue.

— Vous savez qu'il est fou des Asiatiques et qu'il en est vierge. En vacances, j'ai rencontré Tong Tong, une Chinoise, en France pour deux ans, vingt ans, très belle, d'accord pour jouer le jeu. Ce soir, pendant qu'Adham sera chez lui en train de travailler, il va rencontrer Tong Tong, comme par hasard. On assistera à tout et il n'en saura rien.

— Et Tong Tong, on ne la verra pas avant ? a demandé Furtif.

— Attendez, attendez, regardez, M. Adham Shariat arrive.

Adham Shariat, chaussé de torpilleurs de cuir noir à boucles d'or, taille quarante-quatre, portant un jean à tuyaux étroits sur des bas noirs, une chemise blanche, une cravate tricotée noire, une veste de toile noire et des lunettes de soleil panoramiques, attirant tous les regards sur la terrasse du Jardin de Varenne, Adham Shariat tonna :

— Comment, vous n'avez encore rien commandé ? Holà, tavernier du diable, à boire, céans !

Iranien du mauvais côté (son père était l'un des pilotes d'hélicoptère du shah), Adham (que l'on prononce : Adame) est né en France où ses parents s'étaient repliés à la chute de l'Empire perse. Physiquement, c'est un fils de Darius aux yeux de biche et à la barbe précoce. Pour le reste, il est dans le goût gaulois : inclination prononcée pour le calembour, les blagues à retardement et nostalgie des auberges de mousquetaires, soit à ne pas mettre devant un ayatollah. Ce matin-là, dans le jardin du musée Rodin, il faisait sa cour à Agnès, dont il avait beaucoup à se faire pardonner. Tandis que nous étions assis à mordre dans nos sandwiches, il eut à cœur de rappeler, au cas où nous l'aurions oublié, le fait d'armes d'Agnès face à Violaine Dépée, notre professeur de sociophilosophie, dont le dernier bimestre de cours portait sur : « Sociologie d'approche des infracomportements : le masculin dans son sexe. » Dans la population mâle du cours de Mlle Dépée, personne n'avait bronché : on avait posé les questions et pris les notes qui allaient dans la direction souhaitée par l'autorité pédagogique, c'est-à-dire, pour traduire grossièrement le sens du propos de Mlle Dépée : les hommes, étant ce qu'ils sont, n'ont pas à la ramener. Ayant vérifié que personne ne la ramenait et que nous témoignions tous d'une servilité crédible, Agnès, dressée comme une mangouste, avait déclenché la riposte :

— Mais, mademoiselle, vous mettez scientifiquement tous les hommes dans le même panier. N'est-ce pas un peu radicalement « scientifique » ? Que faites-vous des types normaux, qui ne sont déjà pas si nombreux et mériteraient qu'on les laisse tranquilles ?

Comme à l'entraînement, Mlle Dépée avait répondu :

— Mademoiselle Fischbacher, êtes-vous bien sûre de pouvoir repérer au premier coup d'œil un « type normal », comme vous dites ?

— Ça, mademoiselle, ça ne s'apprend pas dans les livres.

La dernière réplique d'Adham était tombée du nez de Cyrano. Il s'était alors tourné vers Agnès, quêtant une fois de plus dans son regard le pardon tant attendu. Il n'obtint qu'un « cause toujours » lâché à mi-voix et l'on vit passer dans son regard une inquiétude fugitive, vite balayée par une série de petits râles et d'étirements d'aise exprimant la joie de vivre et l'envie de la partager avec le premier venu.

Depuis trois ans, le rendez-vous au musée

Rodin marque nos retrouvailles d'août. Pour quelques jours, dans un Paris vide de parents, nous ne faisons rien de spécial sinon être ensemble à temps plein, nous taire ensemble, parler tous à la fois, écouter Phoenix ou aller au cinéma voir des reprises. Nous sommes tous quatre célibataires : je veux dire qu'aucun de nous ne forme avec un régulier ou une régulière un petit couple domicilié chez les parents, avec bénédiction officielle d'aller et de venir, droit de saquer le frigo et de confier le linge du petit nid à la machine à laver de l'ONG familiale. En fait, chacun de nous a la chance de disposer d'une chambre à lui dans l'immeuble parental et, pour une chance, c'est une chance : je pense à Damarzet, qui dort dans une pièce à côté de celle de sa sœur et en face de celle de ses parents. Le pauvre éprouve quotidiennement les effets d'une lourde promiscuité que d'autres, comme nous, ignorent. Le premier confort de vie qui vient à l'esprit, quand on parle de chambre à soi, est d'y recevoir qui l'on veut pour y faire ce qui vous passe par la tête, par exemple baiser. Dans ce cas-là, on ne dit plus chambre, on dit « local » : « Tu pourrais me prêter ton local ? », c'est une phrase typique de Damarzet pour qui le territoire familial est cruellement impraticable. Et, à en juger par le nombre de ses demandes, il a des besoins fréquents, ce qui, au fond, n'est pas juste. Si une occasion de rencontre, nocturne ou diurne, limitée dans le temps, et plutôt rare en ce qui me concerne, se dessine à l'horizon immédiat, je demande à Adham ou à Furtif de me prêter leur chambre, qui devient alors un local. Mais pas question de pratiquer le « local » au-dessus de chez ses parents, comble de proximité consanguine et source inépuisable de curiosité rampante, comme on le voit chez certaines nichées de jeunes adultes qui appellent leurs parents par leurs prénoms en leur tapant sur l'épaule. Une fois où Adham m'avait prêté sa magnifique chambre de rez-de-chaussée sur cour, j'ai croisé M. Shariat dans le hall d'entrée de son immeuble au moment où je sortais avec ma compagnie. Immanquablement, il a dû se demander ce que je faisais là, à quatre heures de l'après-midi, mais il n'a rien dit : il m'a salué gentiment à son habitude, et, se tournant vers ma compagnie, le chapeau levé, il lui a adressé un « mademoiselle » murmuré comme il fallait. Agnès n'a jamais parlé de « local » à l'un d'entre nous. D'ailleurs, un tel mot aurait été, dans la bouche d'Agnès, comme un crapaud sur la langue d'une princesse. Tandis que nos hospitalités croisées, baptisées les « lits musicaux », nous informent régulièrement sur nos allées et venues parallèles, le privé d'Agnès nous demeure inconnu. Quand nous nous sommes rencontrés, il y a trois ans, au lycée, Agnès nous a d'emblée élus, Furtif, Adham et moi, comme ses fidèles amis. Elle était la plus jolie de la classe et ne s'en était pas officiellement aperçue. Pour préserver notre amitié naissante, nous sommes convenus de rester à distance des jupes d'Agnès, qui nous a avoué par la suite que c'était pour elle un appréciable confort. Si j'étais dans la même situation, c'est-à-dire ami préféré de trois amies filles ayant décidé entre elles qu'aucune n'approcherait mes pantalons, je ne serais pas aussi confortable. Tenir à longueur de temps des conversations de vieux complice, totalement dénuées d'arrière-pensées (par exemple la pensée de perdre tout contrôle et de se jeter, les yeux injectés de sang, comme le renard dans le clapier, de les bousculer sauvagement l'une après l'autre, puis, le regard fou, le pas raide, marcher jusqu'au prochain commissariat), serait au-dessus de mes forces. Je me demande parfois si notre pacte de chevaliers n'est pas un peu frileusement correct. Le premier réflexe d'Adham, qui avait été de faire sentir à Agnès qu'il la considérait comme la plus jolie fille de la classe, n'était-il pas le plus naturel ? Peut-être n'aurions-nous pas dû le rattraper par le col ? Chacun aurait tenté sa chance, peut-être aurait-ce été une sorte de *Jules et Jim* à quatre ? J'en avais plus tard parlé à Agnès. Elle avait bien ri :

— En somme, chacun d'entre vous aurait eu deux chances d'être trompé, et moi trois ? On aurait vite ressemblé à des rats dans un labyrinthe.

Ainsi, un peu grâce à Agnès qui est en même

temps notre sœur et notre élue cachée, nous sommes restés célibataires. Quatre célibataires : Furtif, orphelin de sa mère, très belle sur la photo qu'il m'a montrée un jour, et qui a quitté le domicile conjugal, il y a sept ans, pour rejoindre un galeriste qu'elle avait finalement préféré à son commissaire de police, de fait rarement croisé durant quinze ans. Agnès, la seule orpheline authentique : sa mère, anthropologue, était à bord d'un hydravion, tombé en flammes dans le lac Tchad. Le seul disposant d'un père et d'une mère, unis et vivants, est Adham. Chez lui, dans le merveilleux fumet s'échappant de la cuisine, M. et Mme Shariat, hospitaliers et rieurs, parlent français avec cet accent iranien si fluide et élégant. À son arrivée en France, M. Shariat a acheté un taxi, puis a formé une petite compagnie avec d'autres Iraniens, comme lui ponctuels et agréables, dont nos familles sont devenues clientes et font la retape. Mais le lieu le plus prestigieux se trouve au rez-de-chaussée. Adham y habite un studio, calme, ordonné et monacal, digne de l'architecte qu'il souhaite devenir, à l'image de Frank Lloyd Wright, son idole. On l'appelle parfois Lloyd, d'ailleurs, comme on m'appelle Newman. Le grand lit contre un mur, en face de la longue table, quelque chose d'exact, de moderne, de mature. Mais ce qui distingue le studio d'Adham des chambres de bonne d'ados, c'est que la salle d'eau et le cabinet ne sont pas

86

des pièces rapportées et bricolées. Tout est d'origine récente : ah, cet immeuble de standing des années cinquante, soixante, niché en plein XVIᵉ, avec les arbres de la rue Berton et du jardin de l'ambassade turque à portée d'harmonica. Il fallait le coup d'œil de M. et Mme Shariat pour être directement tombés de leur hélicoptère sur cet immeuble, il y a vingt-six ans, avec le magot de la dernière chance. Et c'est en ce lieu, exactement, qu'Agnès avait décidé de faire expier Adham. D'un air de rien, elle avait demandé :

— Et si on sortait, ce soir ?

— Pourquoi pas, dit Furtif, nous avons des places pour le Kiss Club une boîte où joue Cabine XIII, un nouveau groupe rock.

C'était mon tour de poursuivre l'encerclement :

— Ah, oui, le Kiss, il paraît que ça fourmille de filles qui viennent là pour s'amuser : on pourrait y faire un saut, non ?

Furtif, Agnès opinèrent. Adham resta un court instant immobile et silencieux. Il adore sortir, danser dans des boîtes où il y a des filles qui viennent pour s'amuser, surtout celles-là : derrière lui, de même que le Milou diable conseille à Milou chien de laisser tomber Tintin et de bouffer l'os, de même un Adham diable l'incitait d'une voix vicelarde à larguer les révisions et à aller buissonner les rockeuses. Mais ce n'était pas le jour du diable. Un Adham ange gardien, en

aube claire, avec des ailettes à la place des omo-
plates, lui rappela son épreuve de septembre.
C'était l'ange gardien du Travail qui est l'ange
gardien numéro un chez les Shariat. Il a écrasé
d'un coup de talon l'Adham diable qui craquait
de partout en crachant des glaviots de feu.
Adham a dit en soupirant :

— Non, vraiment, désolé, je reste travailler ce
soir.

Il venait de serrer le nœud autour de son cou.

Première partie du plan, la victime doit se
trouver chez elle vers neuf heures ce soir : en
principe, c'était acquis. Seconde manche : Tong
Tong. Sur ce sujet Agnès ne s'était guère montrée bavarde et nous ne pouvions en parler devant
Adham.

D'ailleurs, il était à nouveau de bonne humeur
et commençait à reluquer les touristes aux
épaules nues. Il a fini par aller musarder à leur
rencontre. C'était le moment de faire le point : il
fallait l'éloigner pour préparer la suite du scénario. S'il restait collé à nous, c'était fichu. « Le
mieux, dit Furtif, ce serait encore qu'il aille dra-
guer. — C'est fait, dit Agnès ».

Adham venait en effet d'engager la conversation avec une Asiatique souriante, réservée et
apparemment bien disposée. Adham souriait calmement, avec l'économie de geste d'un affranchi
que rien ne presse. « Voilà qui est parfait, mur-
mura Furtif. — Oui, mais avec une Asiatique, si

ça marche, il va craquer, s'inquiéta Agnès. Et notre Asiatique à nous est prioritaire. »

Selon Furtif, aucune tentation féminine au monde ne pouvait se glisser entre Adham et le Travail. Si un tel cas se présentait, il consulterait obligatoirement son père, qui était en vacances. « D'accord, dit Agnès, mais, avouez, il n'y a que lui pour tomber sur une Vietnamienne le jour où on lui a trouvé une Chinoise ! » De toute façon, on ne pouvait plus rien y faire : c'est comme un lancement en Guyane. Une fois Ariane partie, on ne peut plus la faire revenir en tirant sur une corde. Il ne restait plus qu'à attendre la fin de l'après-midi pour le résultat du match Chine-Vietnam, et mon pronostic était : victoire de la Chine.

Nous étions au pied de *L'Étreinte* de Rodin, sur le départ. Adham vint nous rejoindre, accompagné de My Lan, une étudiante parlant très bien le français. Tout rayonnant, Adham pérorait sur ce nu à deux dont le thème et le traité ont marqué son temps : « Je me demande comment Rodin, de nos jours, aborderait le sujet. S'il était dans la publicité, la femme de bronze porterait une culotte de bronze où l'homme de bronze glisserait délicatement une main de bronze. » My Lan, amusée, s'esclaffait. Devant le musée, Adham nous a fait un signe de la main et a commencé à remonter la rue de Varenne au bras de My Lan.

— Bon courage pour tes révisions, ce soir ! a crié Agnès.

Furtif, Agnès et moi sommes rentrés à pied à Barthélemy-Casier où nous sommes arrivés poisseux et morts de chaleur. En montant l'escalier, engloutis par l'ombre presque froide de l'immeuble clos, nous avons décrété une sieste jusqu'à cinq heures. Furtif est allé prendre ses quartiers dans la chambre de ma mère avec beaucoup de naturel. Agnès s'est installée dans le canapé, au salon, dont j'ai tiré les rideaux. Je suis monté au cinquième.

C'est là que m'attendait le lit de mes grands-parents, dans une chambre particulièrement sombre et fraîche. Je ne me suis pas endormi tout de suite. Trop d'inconnues pesaient encore sur la nature de la vengeance d'Agnès : quand cette Tong Tong ferait-elle son apparition ? Quel serait son rôle exact ? Quel serait le nôtre ? Tant d'incertitudes ressemblaient à mon rêve. J'ai été réveillé par un frôlement d'air et un mouvement du matelas : Agnès. Elle a dit : « Je viens dormir », elle s'est allongée en face de moi, a posé la tête sur sa main et fermé les yeux. À son exemple, j'ai choisi l'option sommeil profond. Avant de fermer les yeux, j'avais, en l'espace d'une seconde, entrevu la courbe de sa joue, si mignonne, si soyeuse, l'amorce de la nuque derrière l'oreille, la gorge. J'avais fermé les yeux avec une violente intention de dormir. Pas question de subir l'humiliation de voir mon diable, avec ses grosses lunettes et les yeux gélatineux de vice, me criant en trépignant des sabots : « Allez, sois vil, saute-lui dessus ! » Pour conjurer cette horreur, j'ai eu un geste : j'ai pris par terre la veste bordeaux d'Agnès et l'en ai recouverte, puis j'ai posé mon auréole sur la table de nuit. Bon et profond sommeil, maintenant que j'avais abandonné toute conscience de cette beauté en jupe rose qui respirait près de moi, le sommeil des après-midi de belle paresse en août, ce sommeil toujours entrouvert. Vers cinq heures, le portable d'Agnès sonna. C'était Adham, qui proposait de passer. Un quart d'heure plus tard, assis en tailleur au bout du lit de mes grands-parents où nous avait rejoints Furtif, aussitôt contacté au deuxième, Adham racontait que tout s'était bien passé jusqu'au moment où il avait voulu embrasser My Lan sur la bouche avec la langue. Dès qu'elle avait senti la langue d'Adham déferler, elle avait baissé le rideau de bambou et s'était installée dans une bouderie souriante, muette et sans espoir. Après échange des numéros de portable, ils s'étaient séparés non loin de chez moi, cinq minutes plus tôt, car Adham, sentant la situation se déboulonner, avait orienté la promenade en direction de la rue Barthélemy-Casier.

— Mais que s'est-il exactement passé, Adham ? avait demandé Agnès, du ton de l'amie à l'écoute et cachant sa satisfaction de voir s'éloigner le danger vietnamien.

— En fait, quand j'ai voulu l'embrasser, ce n'était pas encore le moment.

— Ce moment-là, était-ce longtemps après que nous nous sommes quittés ?

— Dix minutes plus tard. Oui, je sais, c'était un peu rapide. J'ai mal évalué. Comme ce soir je dois travailler, j'étais trop pressé. Il ne m'est même pas venu à l'idée que cela pouvait attendre demain. C'est ça, les garçons, Agnès. Et les filles, c'est pareil ?

— Ben, non.

Adham nous avait regardés tour à tour, puis il avait tapé des mains sur ses cuisses :

— Allez, heureusement, ça n'a pas marché. Si My Lan s'était laissé embrasser, je ne sais pas si j'aurais tenu le coup : elle est vraiment très attirante, non ? Je me demande si je ne devrais pas essayer de la joindre.

— Non, non, Adham, avait dit Agnès, rappelle-la demain. En tant que fille, je peux te dire que c'est bien mieux de rappeler le lendemain. Comme ça, ce soir, tu es tranquille pour travailler, tu penses un peu à elle, juste de temps en temps. Rien ne presse, la nuit passe.

— Tu dois avoir raison, a dit Adham, d'ailleurs, j'y vais de ce pas.

Et il est parti, voûté, résolu.

À sept heures du soir, après avoir refait le lit de mes ancêtres, nous étions redescendus au deuxième. La sonnette a fait ding et la porte s'est ouverte sur Tong Tong. Elle portait une jupe de soie noire et une veste en shantung vert pomme. Si je devais attribuer un signe chinois à My Lan et à Tong Tong, My Lan serait Lapin et Tong Tong, Rat, un rat satiné, magnifique, secret, flambeur.

Tout le monde s'est retrouvé au salon où Agnès nous a distribué les rôles.

5

Adham et Tong Tong

Seul dans la quiétude de son studio, il offrait
une belle image. Les grands sourcils noirs arqués
et pensifs, les cils veloutés baissés vers les livres et
les blocs-notes où il avait l'habitude d'écrire, la
lampe éclairant sa joue brune qu'irisait un teint
de pêche, le Mac qu'il pianotait avec douceur et
expertise de ses longs doigts aux ongles roses :
tout indiquait que Lloyd le tombeur avait remisé
sa panoplie et que l'ange gardien du Travail, invi-
sible mais présent, était installé sur le lit avec une
bande dessinée sur les genoux. Je connais bien
l'ambiance studieuse régnant chez lui : souvent,
j'ai demandé à Adham l'hospitalité d'un bout de
sa table de travail pour pouvoir profiter du calme
et du silence si particuliers ici et accrocher mon
courage à la puissance d'Adham qui peut rester
cinq heures de suite sans pratiquement se lever
de sa chaise. Il était un peu plus de neuf heures
du soir, on entendait en sourdine Charlie Bird, le
chéri d'Adham, qui était seul et qui aimait ça.

Les deux pans de la grande fenêtre aux montants métalliques de son studio étaient ouverts sur une courette plongée dans l'obscurité bien avant la tombée du jour, obscurité qui nous était indispensable à Agnès, Furtif et moi, accroupis dans cette courette, à six mètres à peine du travailleur. Pour y parvenir sans passer chez Adham, nous étions arrivés par l'immeuble d'en face, en utilisant les codes de l'entrée, de l'escalier de service et de la cour de cet immeuble. La façade intérieure ne portait que des fenêtres de cuisine et de salles de bains en verre cathédrale et d'étroits clapets de chiottes. C'est Adham qui nous avait fourni, depuis longtemps déjà, ces codes, obtenus auprès du garçon de la concierge d'en face en échange de baskets neuves, taillant trop petit. Le trajet de secours par la cour lui permet de regagner le studio sans tomber sur son père dans le cas où il ne serait pas censé être sorti. C'est ce que nous appelons les parcours du résistant poursuivi par la police politique.

Nous n'avions pas bâclé les préparatifs. Nous étions chaussés de ce que nous avions trouvé de plus léger, de plus souple et de plus taciturne en matière de semelles, afin que nos pas restent sans écho dans ces cours à secouer si sonores par ailleurs. Nous avions également vidé nos poches de toutes les pièces de monnaie qu'elles contenaient pour éviter qu'elles ne tintent ou ne tombent, déclenchant l'alarme chez le studieux du studio.

Enfin, les clés et les briquets étaient soigneusement enveloppés dans des mouchoirs et Agnès, en jupe car elle avait refusé d'emprunter un de mes jeans, m'avait confié ses objets bruyants. Un peu sur ma gauche, à demi agenouillé à l'indienne, dans une posture dont l'immobilité devait exiger de la persévérance, Furtif se tenait à l'arrêt. Quand il tenta d'adopter une autre position, toujours indienne mais plus confortable, il se déplia de façon aléatoire, faillit tomber, et, tandis qu'il récupérait son équilibre en brassant le vide, une cascade de pièces perla d'une de ses poches et sonna et trébucha allégrement sur le bitume de la cour. Nous nous sommes tous trois regardés comme les voleurs de *Topkapi*, plaqués sur le toit du musée, ou comme Alain Delon, allongé sur une grille au-dessus d'une scène de ménage, dans la lumière qu'on vient d'allumer, dans *Le Cercle rouge*. Mais rien, rien du tout. Adham était à sa table et il étudiait comme un ange. Si des pièces étaient tombées, c'était dans un autre monde. Un bruit de chasse d'eau partit trivialement de l'immeuble derrière nous, et puis on entendit à nouveau faiblement Charlie Bird. Furtif considérait les pièces à ses pieds. Il y a des gens qui rougissent du front, d'autres des joues, d'autres des tempes. Furtif rougit du nez et, ce soir-là, dans la cour, contemplant la monnaie de ses pièces, il était rouge de la tête au pied de son nez.

À ma montre, il était neuf heures vingt-trois et l'action devait débuter à neuf heures et demie précises. Ce fut précis : à l'heure et à la demi-heure dites, on entendit de grands coups frappés à la porte du studio : Agnès me regarda en triomphant. Les coups redoublaient, c'étaient des coups si urgents que la personne, de l'autre côté de la porte, devait dire « vite, vite, ouvrez, je vous en prie », comme c'est presque toujours le cas, avec ce genre de coups frappés à une porte. Adham en chemise blanche ouverte, pieds nus et pantalon clair, avait marché vers le bruit et ouvert sur Tong Tong, désemparée, presque échevelée, essoufflée, affolée, mais Tong Tong dans un large pantalon de soie sable gris et une veste en shan-tung rose de lait, peinte comme une dame du palais d'Été, une apparition comme on n'en avait jamais vu du côté d'Adham. J'imagine que si grand-père Flahault avait été là, il aurait été trop heureux de s'exclamer, apercevant Tong Tong : « La Dame au Nénuphar ! », citant un poème de l'époque des Tang.

On voyait Adham de dos, se tenant face à l'inconnue. Il devait penser qu'il y avait pas mal d'Asiatiques dans Paris. Tong Tong parlait, parlait, puis souriait d'un air gêné et modeste. Nous ne les entendions pas, mais nous savions exactement ce qu'elle disait, dans son français presque parfait : « À la sortie du métro Passy, il y a un type qui m'a suivie, j'ai accéléré de marcher, mais le type continue, quand j'ai pris cette rue, il veut me violer, je me suis partie, je me suis entrée dans votre hall, le type entré, alors j'ai pris le couloir et j'ai frappé votre porte. Je suis désolée. »

Nous avons vu Adham s'effacer et livrer le passage à la malheureuse. Il alla à son frigo, en tira du Coca, des jus de fruits. Sur le toit du frigo étaient installées une bouteille de pastis et une autre de whisky, auxquelles Adham ne touchait qu'en cas de visite, et l'inconnue, en faisant « hi, hi, hi, hi ! », les montra du doigt. Elle choisit un pastis et lui, un whisky. Le verre à la main, ils se mirent à parler. Nous n'entendions rien de leur discussion, mais, dans cette séquence du scénario, Tong Tong n'avait pas besoin de texte. Quand on vient d'échapper à une tentative de viol et qu'on a été recueillie par un jeune Parisien chevaleresque, on ne manque pas de sujets de conversation. Cependant, au moment où le magnifique visage de Tong Tong soudain s'est rembruni, comme le prévoyait le scénario, nous savions mot pour mot ce que disaient ses lèvres et que nous avions entendu à la répétition : « Pardonnez-moi, mais j'ai toujours peur : peut-être le type est dans le coin encore. Si vous allez voir, comme ça je n'abuse plus de votre hospitalité. »

Adham alla résolument prendre sur son bureau la règle en fer fétiche qu'il avait depuis les petites classes et partit à la rencontre du violeur. Nous nous sommes demandé par la suite s'il avait fait semblant de chercher l'agresseur en fumant des cigarettes devant l'immeuble ou s'il avait, le souffle court et l'œil aux aguets, vraiment traqué dans les venelles le Vampire de Passy. Dès qu'il eut tourné les talons, nous nous sommes précipités à la fenêtre du studio où nous attendait Tong Tong, qui nous demanda à voix basse :

— Vos questions ?

— Est-ce que ça marche ?

— Ça marche.

— Comment est-il ? Il y croit ?

— Il y croit, mais il se méfie.

— Il panique ?

— Oh, non, il ne panique pas, dit Tong Tong en riant, comme si nous venions de dire une blague, il ne panique pas. Il se méfie, mais il aime bien : Agnès a vu juste.

Dans ce complot, Furtif et moi étions des subalternes, nous en étions arrivés à notre maximum. Le côté bien goupillé de la chose était plaisant, les improbabilités, moins. En fait, j'ai toujours peur de quelque chose, même quand il ne se passe rien. Nous étions bien, de part et d'autre de ce rebord de fenêtre, dans cette cour tiède où je me demandais si je reverrais souvent Tong Tong ou si je ne la reverrais plus. Que faisait Adham le Studieux en ce moment précis ? Peut-être allait-il arriver dans quelques instants ? Furtif demanda :

— Tong Tong, vite, des verres et du pastis !

Quand Tong Tong est revenue avec le pastis, Agnès lui a dit :

— Il va te demander de rester, bien sûr ?

— S'il fume des cigarettes dehors sans chercher le violeur, il ne voudra pas me laisser ressortir, par peur que le violeur me saute dessus. S'il a cherché le violeur, il ne l'aura pas trouvé, il sera rassuré, il ne voudra pas plus me laisser partir, attention, allez-vous-en, le voilà qui revient !

Ayant déguerpi, à nouveau postés dans la courette, nous avons vu Tong Tong empoigner nos verres pour aller les rincer : Adham est apparu, de retour de sa ronde, et, aussitôt, il a fait des gestes de dénégation et écarté Tong Tong de l'évier. On devinait qu'il était en train de dire : « Mais non, je vous en prie, vous êtes folle, je suis gêné », ce qui aurait pu être une phrase du scénario. Adham et Tong Tong, leurs verres à nouveau remplis, sont allés s'asseoir côte à côte sur le lit. Ils se sont beaucoup parlé. Nous regardions nos montres. Finalement, Adham s'est tourné vers Tong Tong et l'a embrassée sur la bouche.

Dès lors nous étions entrés dans la phase préparatoire au déclenchement de l'intervention de la seconde équipe, qui aurait lieu dès les premiers vertiges, c'est-à-dire au moment précis où Adham entreprit de défaire lentement les liens soyeux du lait de rose de Tong Tong. Agnès, Furtif et moi avons opéré un demi-tour de ninjas vers l'immeuble d'en face, codé la cour, codé le service, codé la rue, couru dans la rue, codé le hall de chez Adham, galopé dans son couloir et frappé à sa porte, un toc, toc, toc, gai, amical et bruyant. Adham a ouvert, la chemise en bataille. Des traces en dents de râteau parcouraient ses cheveux courts. En retrait derrière lui, on apercevait une inconnue, une Asiatique, qui boutonnait le haut de sa veste. Agnès s'est jetée au cou d'Adham :

— On passait juste t'embrasser et t'encourager dans tes révisions.

Puis, lorgnant Tong Tong par-dessus l'épaule d'Adham :

— Tu nous présentes ?

Il nous a fait entrer. Le studio calme du pensif émule de Frank Lloyd Wright, qui, depuis un peu moins d'une heure, se métamorphosait au fil des circonstances, était devenu un salon enfumé et assez bruyant du côté des derniers arrivés, où l'on faisait cercle en se passant le whisky, le pastis, l'eau et les glaçons.

Debout derrière la chaise où Tong Tong était assise, Furtif avait capté le regard d'Adham, et, abaissant les coins de la bouche pour faire la moue du connaisseur, le poing brandissant le pouce en haut, il désignait de l'œil la belle inconnue dont la chaise lui tournait le dos et, se bridant les yeux avec les index, il faisait oui, oui, oui ! de la tête. On sentait Adham agacé, tiraillé entre la contrariété d'avoir été interrompu par notre irruption et la satisfaction de lire dans nos regards la beauté de Tong Tong qui étincelait dans la beauté des villes, la beauté des champs, des fleuves et des mers.

Je me saisis mentalement du scénario punitif d'Agnès : à ce point du cahier des charges, nous étions censés être intervenus au moment où les protagonistes allaient, comme disait Furtif, passer de la causette à la grimpette. De ce point de vue, c'était une réussite : à en juger d'après l'impatience mal contenue d'Adham et les pommettes enflammées de Tong Tong, durant les cinq minutes où nous avions quitté la cour et fait le tour de l'immeuble pour venir frapper à la porte du studio, un brusque changement climatique avait peut-être déjà provoqué une remontée des pantalons de soie gris sable et une exploration de la veste rose de lait. Je sentais Agnès vaguement inquiète de la conviction avec laquelle sa tueuse tenait son rôle.

La phase deux du scénario impliquait que Furtif propose une soirée au Kiss Club. Tout le monde approuverait avec enthousiasme et Tong Tong dirait : « Non, merci, je n'ai pas très envie de sortir maintenant. » Adham penserait alors qu'elle comptait rester avec lui et dirait : « Non, moi non plus, je n'y vais pas, je travaillerai plus tard dans la nuit. » À ce moment, Tong Tong se lèverait et annoncerait : « Bon, je vais rentrer chez moi, je ne veux absolument pas vous empêcher de réviser. » Elle lui donnerait un faux numéro de téléphone, elle l'embrasserait sur les joues, ils se diraient peut-être encore deux mots dans le couloir et elle disparaîtrait pour toujours. C'était la vengeance d'Agnès : l'anus de Palmer était son vase de Soissons.

Furtif passa donc à la suite du plan :

— Si nous allions tous au Kiss Club ce soir, qu'en pensez-vous ?

Adham fut le premier à parler :

— Désolé, moi je reste réviser.

Il avait ses révisions, personne ne pouvait dire le contraire. Maintenant, Tong Tong allait répondre qu'elle n'irait pas au Kiss, qu'elle allait rentrer chez elle.

— Je suis d'accord pour le Kiss Club, dit Tong Tong. Pourquoi ne venez-vous pas, Adham ?

— Bon, dans ce cas, je me laisse faire, va pour le Kiss Club.

La machinerie remarquablement mise au point nous échappait. À l'insu d'Adham, le sort avait détourné de sa tête le poignard de la tueuse envoyée par la Triade des Célibataires. Le bourreau fraternisait avec la victime, qui prenait très normalement les choses. Dans le brouhaha du studio, il était venu à moi et m'avait chuchoté : « Ça n'est pas élégant de ma part, mais je bénis le type qui a voulu violer Tong Tong. » Un autre problème fut rapidement réglé : dans le scénario, il était, bien sûr, prévu que ni Adham ni Tong Tong ne se rendraient chez Chris du Kiss. Agnès, Furtif et moi n'avions pas davantage l'intention de nous y rendre, une fois notre triomphe accompli.

Nous avons appelé aussitôt Chris Cuvier, qui a fini par retrouver dans un coin de sa mémoire notre rencontre dans le TGV et a enchaîné : « C'est grand ! À l'entrée, vous dites : Chris, de la part du TGV, ils seront prévenus. Venez à autant que vous voulez, ce soir il va y avoir du monde pour Cabine XIII. »

En attendant minuit, il fut décidé d'aller faire des courses et de dîner à notre base de la rue Barthélemy-Casier. Après un dernier coup d'œil circulaire, Adham, le coupable innocent, a fermé la porte du studio, où, à demi masqué par une chaise, l'ange gardien du Travail gisait K-O. Dans le métro, Agnès a parlé un moment avec Tong Tong. Plus tard, chez Sallem, l'épicier qui ferme dix minutes par an, nous avons acheté du vin, des pâtes, de l'huile, du fromage, des tomates, des oignons, une batavia, une glace à la vanille. Agnès m'a rejoint : « Tong Tong dit qu'elle aime bien Adham, qu'elle est désolée, mais qu'il faut s'effacer devant le hasard. » Selon Agnès, elle fait ce qu'elle veut, après tout. J'étais étonné de ce revirement. Je lui ai rappelé qu'elle avait quand même témoigné une rancune très inventive dans cette histoire. Elle découvrait, tandis que nous passions à la caisse de M. Sallem, que le ressentiment est quelque chose de trop indigeste pour en faire un régime. « Cette histoire grotesque de cancer de l'anus (M. Sallem redressa un sourcil) : Palmer me plaisait, je me suis sentie humiliée. Quand on a affaire à un con comme Adham, il ne faut pas se vexer, il faut l'aimer comme ça. Si le scénario avait marché, ça m'aurait tout de même amusée de voir. »

Arrivés à Barthélemy-Casier, Furtif, Agnès et moi avons investi la cuisine. Tong Tong avait fait tremper la batavia dans un bac de l'évier. Adham donna tout à coup des signes de fatigue. Il me demanda s'il pouvait aller se reposer dans la chambre nuptiale. Nous n'avions même pas mis l'eau à chauffer que Tong Tong avait disparu. La belle de Chine passerait sa main aux longs ongles ovales peints de vernis noir dans les cheveux drus de la victime iranienne sur le lit de la nuptiale, la chambre favorite des gens de passage. Puis il y eut l'appel de Muriel et Carole, les filles du Coquelicot, à peine oubliées, aussitôt retrouvées : elles voulaient savoir où nous en étions de cette soirée au Kiss Club. Nous les avons invitées à venir partager les pâtes. Elles arrivaient. Au moment où elles sonnaient à la porte, Claire a téléphoné. Nous avons parlé un instant, avant de raccrocher, elle a dit : « Appelle-moi quand vous partez. »

Je suis sorti sans me faire voir, pour monter quelques minutes dans ma chambre, à quelques degrés de tomettes flanquées d'une maigre rampe de fer, un demi-étage au-dessus de chez mes grands-parents. Cela faisait des semaines que je n'avais pas vu le lit étroit, la longue table sous la fenêtre du chien-assis, le rideau de douche et le cabinet, envahi par les livres, car je lis au cabinet. Un cake moisi traînait dans une assiette depuis juin et Petite Joie, ma chatte orange, une pute arrogante et câline, apparut faisant la roue et caressant le parquet d'un rond de patte pour me saluer. Sur la table, *Don Quichotte*, là où je l'avais laissé, le même jour que le cake, et aussi la biographie de lady Edwina, la femme de lord Mountbatten, amante de Jawaharlal Nehru, biographie que m'avait passée Vic Morton en me disant : « C'est faiblement écrit, mais on ne s'ennuie pas avec cette Edwina. » Il y avait eu concurrence entre le chevalier à la triste figure et lady Mountbatten. En juin, l'état des livres en témoignait, *Don Quichotte* avait eu le dernier mot, ouvert à la page (recouverte d'un film de poussière), à la ligne où j'avais interrompu cette lecture sans fin : « Non, répondit le chevalier de la Triste Figure ; encore que le dé pourrait tomber de telle sorte qu'au lieu de chance on ait du guignon. Mais tout dépendra de ta diligence.

— De ma diligence ? demanda Sancho. »

— Es-tu fâchée ? demanda Paul Newman à la chatte orange. La bête lui répondit en venant tortillonner de la tête contre la main de celui qui l'avait abandonnée, la main de Newman. Assis sur le lit, je me laissais envahir par une moitié de tristesse sans la repousser. C'est mon grand-père qui a trouvé le nom de Petite Joie : rien de ce qui est extrême-oriental n'est indifférent à Denis Flahault. Toute l'Asie des moussons et des grands fleuves dispose d'un abri permanent et assez vaste pour l'accueillir au cinquième étage du 7, rue Barthélemy-Casier. Petite Joie était une vieille amah qu'Alain de Poisnaurt, le diplomate de référence de mon grand-père, emportait partout où il allait, et même jusqu'à Paris, dans les deux pièces qu'il habitait en rez-de-chaussée, avenue du Colonel-Bonnet. Ils y vécurent dans peu de lumière et avec peu de mots jusqu'à ce qu'elle meure la première de leur couple célibataire et lui peu après. Petite Joie avait été une jeune Chinoise aux cheveux de jais, aux joues de prune et à la lèvre supérieure bien dessinée : Petite Joie ma chatte, bien baptisée, est belle aussi. Peut-être serons-nous vieux ensemble ? L'âge des humains ne cesse de croître : les gens nés en 1970 vivront souvent jusqu'à cent ans et plus. Pourquoi les chats nés en 2005 ne vivraient-ils pas jusqu'en 2045 ? Évidemment, s'appeler Petite Joie quand on est une antique Chinoise lyophilisée ou une vieille chatte orange un peu déglinguée est aussi inapproprié qu'appeler le général de Gaulle mon poupon. À mesure qu'elle vieillira, je rebaptiserai Petite Joie. Dans sa maturité, elle sera Grande Aimée et, quand sa fourrure orange aura pris la pâleur terne des vieux mammifères, je l'appellerai Vieille Petite. Je changerai sûrement de nom vers la quarantaine : Marcello Newman, comme Marcello Mastroianni, voilà qui me conviendrait ! Et mon dernier nom sera Pablo, Pablo Newman, comme Pablo Picasso : à quatre-vingts ans, il avait l'air si en forme, si génial et pas si sympathique. Mme Catachrèse, la concierge du 5 (d'ailleurs le 7 où nous habitons est le dernier numéro de la rue Barthélemy-Casier), qui n'aime pas grand monde à part les animaux, prend soin pendant les vacances de Petite Joie qui sait flatter son côté antihumains, au point qu'elle est pensionnaire de la loge ou elle a pris sa place, c'est-à-dire toutes les places. Mme Cata, comme nous appelons Mme Catachrèse quand elle n'est pas là, sachant que j'étais de passage, a déposé Petite Joie chez moi. Que de caresses, de ronronnements et de petits cris ! Il fallait que je redescende.

Quand je suis arrivé au deuxième, accueilli par des protestations de joie et des reproches, tout le monde était attablé et on attaquait les pâtes en silence. Furtif le Loquace et Adham Shariat trônaient de part et d'autre de la table, Furtif entouré de Muriel et Carole, Adham assis entre Agnès et Tong Tong. Je suis allé m'asseoir à l'extrémité avec Agnès à ma droite et Muriel à ma gauche. Muriel était chaussée de ballerines blanches et portait une jupe blanche étroite qui s'arrêtait au-dessus du genou. Un T-shirt orange à col en V, dont la soie laissait peu voir et beaucoup imaginer d'une poitrine qu'on ne pouvait s'empêcher de regarder en premier. Elle avait relevé ses cheveux au-dessus de la nuque en les maintenant avec une batterie de pinces crocodiles en bois des îles et faisait beaucoup moins sage qu'à la terrasse du Coquelicot. Carole avait manifestement suivi la même piste, car sa chemise s'ouvrait sans façon sur deux rondeurs entre lesquelles tremblaient des breloques. J'ai tendance à préférer les gros seins faussement timides aux petits seins franchement bavards, mais je dois dire que Carole était très attirante, et, quand elle se leva à un moment pour attraper un couvert dans un tiroir, sa minijupe de toile mit en évidence un derrière que j'aurais dû voir d'abord. Si j'en juge d'après l'intérêt compassé avec lequel il prenait soin de sa voisine de gauche et un léger vermillon nasal fraîchement apparu, Furtif avait opté pour petits seins et gros derrière, et aussi pour le sourire et la voix de Carole qui sonnait délicieusement dans la cuisine, une voix chantante et un rire en cascade, capable de provoquer une averse d'Argonautes. J'avais du mal à croire à la présence de nos deux vingt-sept, vingt-huit, dans cette cuisine, venues spécialement pour nous, mais, après tout, elle n'était pas plus étrange que celle de l'énigmatique Tong Tong avec laquelle, malgré ses efforts pour rester dans la conversation, Adham parvenait difficilement à ne pas faire bande à part. Aussi, tandis qu'ils s'étaient éclipsés dans la chambre nuptiale, avant le dîner, Adham lui avait-il sauté dessus, encouragé par son Adham diable planqué dans la salle de bains de ma mère et passant sa vilaine tête dans l'encoignure : « C'est mieux que les révisions, pas vrai ? Allez, vas-y mon salaud ! Percute-la, ta bridée ! » Mais Adham n'entendait rien. L'Adham ange, qui avait également fait le déplacement et se tenait légèrement appuyé à la petite bibliothèque scandinave, ne l'envoya pas dire à l'Adham diable : « Tu n'es qu'une pauvre merde vivante, en ce moment il y a entre eux des froissements et des caresses, quelque chose de passablement chaud, mais aussi de très élégant, de très vrai. » Et l'Adham diable siffla avec mépris : « Intello, va ! » Il fut pris de convulsions quand on annonça que les pâtes étaient servies. Chez Adham, l'appel des pâtes est le plus fort. Suivi de Tong Tong, il marcha droit vers la cuisine, de bonne humeur, avec une persistante sensation d'avoir les couilles dans la gorge.

Les pâtes faisant leur effet, le calme venait. Au cours du dîner, je me suis penché à l'oreille de Muriel pour lui demander d'un ton confidentiel si elle et son amie Carole avaient des nouvelles du Chat et du Renard. Le chat et le renard ? Muriel et Carole ne comprenaient pas, mais si, c'est comme ça qu'entre nous nous appelons vos

111

deux amis du Coquelicot. En chœur elles avaient miaulé :

— Ah, Jean-Loup et Romain ?

— C'est ça, le chat et le renard de Pinocchio.

— Ça leur va pas mal, dit Carole.

— Et qui sera Pinocchio ? demanda Muriel. Nous ? (Et elle fit de la main le geste signifiant que « nous », c'était elle et Carole.) Ou bien est-ce vous ?

Sans nous consulter, nous avons répondu que Pinocchio, c'était nous !

— Très bien, a conclu Muriel. Dans ce cas-là, les deux Pinocchio sortiront ce soir la Chatte et la Renarde.

J'aurais donné beaucoup pour avoir en ma possession le scénario de la seconde partie de la soirée. J'avais rendez-vous avec Claire et le plaisir de la retrouver au Kiss se combinait désormais d'une série de bonnes impressions en provenance de Muriel (Muriel Basset — elle venait de me dire son nom, c'était la troisième fois que je le lui demandais). Nous entamions la quatrième bouteille quand Adham a dit :

— Nous sommes du gibier d'Alcootest.

— Eh bien, c'est parfait, personne ici n'a de voiture. Finissons donc la bouteille et allons chercher des taxis pour le Kiss Club, il est plus de minuit, a dit Agnès.

Dehors, un vent indécis et nerveux faisait grincer les enseignes et claquer la jupe des tentes de l'hôtel Davenport. Nous avons marché dix minutes sur les boulevards déserts en nous laissant pousser par le vent, puis nous sommes parvenus à la Concorde où nous avons trouvé deux taxis. Dans le premier Muriel Basset et Carole Vianney (j'avais obtenu de Muriel le nom de famille de Carole), dans le second Agnès et Tong Tong : Furtif le Loquace, Adham et moi avions indiqué longuement aux chauffeurs l'adresse du Kiss Club, rue de Marengo, dans le Ier. Les passagères nous réclamaient, mais nous avons pris le métro à Concorde pour descendre à Palais-Royal. Pour rien au monde nous ne serions montés dans les taxis. Nous étions bien, dans le wagon de la ligne 1, fonçant sous les Tuileries, le Louvre, le Palais-Royal, comme un tunnel de lumière et d'acier, dans le fracas et les sifflements. Adham semblait plutôt calme, le Perse, cependant demeurait vigilant et faisait mine de ne pas s'emballer, sans parvenir, toutefois, à faire taire en lui les brames intérieurs. Dans ce wagon, Furtif était le seul de nous trois dont les préoccupations étaient d'ordre purement technique : il était clair que Carole serait la dame de sa soirée. Je ne pouvais dire déjà si cela se passerait au cinquième chez mes grands-parents ou dans la nuptiale, que tout le monde s'arrache. Mais je savais déjà qu'une partie de sa vigilance le porterait à limiter la vivacité de ses élans pour être autant que possible au rendez-vous avec le vif du sujet. Moi-même, je savais que j'irais où me conduirait mon envie de Claire, je ne la sentais pas dangereuse, d'ailleurs, s'il y a quelqu'un de dangereux, c'est moi. Arrivés à Palais-Royal, nous sommes passés en une fraction de seconde de l'imminent à l'immédiat.

À la porte du Kiss Club, Claire portait une jupe étroite mauve foncé, un T-shirt de soie bleu sombre et une courte veste du même tissu que la jupe. Je crois être bien placé pour savoir que ces comparaisons font toujours rire, mais Claire avait un petit côté Ava Gardner, avec ces yeux à fleur de visage, ce cou et ce buste, ces hanches, cette force et en même temps cette mobilité. Je me demande si Paul Newman a joué avec Ava Gardner. Sûrement.

Pour nous ouvrir, je pensais à un géant nubien en blazer avec un col de laine fine ras du cou vaguement ardoise et des bottines noires assez longues pour abriter beaucoup de doigts de pied. Furtif penchait plutôt pour un subalterne en cravate rouge vêtu de noir avec des cheveux qui sortent de la douche, brossés et gominés dans un désordre organisé. Adham, évidemment, souhaitait être accueilli par une reine du portail, celle qui reconnaît les arrivants ou les estime, quand elle ne les a jamais vus. Parmi les connus, elle sait ceux qu'il faut refuser. Parmi les inconnus, elle laisse choisir son œil, avec les risques du métier. Adham a gagné : nous sommes tombés sur une reine du portail, qui nous a dit :

— Bonjour, moi, c'est Conchita.

Puis, après nous avoir détaillés :

— Ah, ben c'est bien, ça, vous allez faire baisser la moyenne d'âge. En été, les clients de quarante ans sont classés ados.

Plus tard, Chris du Kiss m'a raconté que Conchita était une des grandes voyageuses de la nuit parisienne. Née de parents scientifiques, elle s'était très jeune spécialisée dans les matières aléatoires, fort nombreuses dès les premiers jours des années soixante-dix, années durant lesquelles elle fut à Londres un élément phare du groupe Diesel and Skirts. Ce soir la Reine du Portail ne portait pas une couronne, mais une coiffure d'oiseau noir, elle était en robe noire moulante et elle avait un assez gros cul, collants noirs en soie, talons aiguilles de bon faiseur qui ont également leur côté soulier pour dames.

Forte, ronde, solide, le mollet ferme, avec des lunettes de soleil grand écran et un faux chignon, moitié mégère moitié Madame, avec des mains à donner des gifles. Elle giflait aussi avec les mots : une fois, une jolie blonde qui attendait, habillée en colonel d'opéra, bottée de soie rouge, lui avait dit : « Tu vois, Conchita, comme je m'appelle Jenny Sergent, je me suis habillée en colonel ! » Et la Reine du Portail avait répondu : « C'est vrai, ma chérie, que tu n'aurais pas pu te déguiser en génie. »

C'était notre tour de passer et je n'en menais pas large quand j'ai dit :

— Chris, pour le TGV.

Je trouvais que ça faisait un peu ridicule d'annoncer Chris et TGV, sur ce ton-là, avec cet air-là. Conchita aussitôt s'est tournée vers la fille du vestiaire pour lui dire de s'occuper de nous. Nous n'avions pas de fourrures à déposer et nous avons été rapidement guidés par Enguerrand, un grand type charmant de deux mètres de haut qui ressemblait à Goofy, jusqu'au kiosque de didjé, logé dans le ventre d'un bouddha de résine sombre, un monument qui faisait bien trois mètres de haut. Des cavités orbitales de cette divinité chauve, deux yeux en amande de lumière verte nous regardaient avec une bienveillante absence. De l'intérieur de la bouche aux lèvres en O, sourdement éclairée de rose violet, s'échappaient des chapelets de petits rots électroniques, pour nous souhaiter la bienvenue. En réalité, les rototos électroniques venaient se superposer en frise sonore à la pluie massive de toum-toum-toum-toum-toum qui tombait sur les danseurs en pleine technothérapie et les consommateurs qui se pressaient à l'extrémité d'une vaste salle devant trois grands bouddhas dressés à touche-touche, chacun abritant dans son ventre illuminé un bar et son personnel.

Ainsi, nous nous trouvions au Kiss Club. Je sentais à mes côtés Adham et Furtif, comme moi frétillants et intimidés : à part les boîtes de nuit des plages et des sports d'hiver, nous ne connaissons pas grand-chose aux « nights », comme disent au lycée quelques garçons et quelques filles qui parlent l'anglais des Français et qui ont le goût et le cash de les fréquenter. « En ambiance, on est plutôt dans le post-Castel », nous avait prévenus Chris quand nous l'avions rencontré dans le train. J'avais bien entendu plusieurs fois mes parents parler de Castel, mais je n'en avais pas retenu assez pour vérifier si le Kiss Club était « post-Castel ». Apparemment, la moyenne d'âge se situait autour et au-dessus de la trentaine pour les femmes, et, côté hommes, il y avait pas mal de burinés de la nuit. Certains, même, plus datés encore, nous avaient regardés arriver sans sympathie ni antipathie, avec curiosité et sans étonnement, avec leurs heures de vol et cette vieille jeunesse que je découvrais dans le regard des gens de la nuit. Dans ce groupe de vétérans, assis en compagnie de jolies filles, l'un, très élégant, un fume-cigarette d'ivoire à la bouche, était aveugle. Il était coiffé d'un feutre mou et portait des lunettes de soleil. À ses pieds un gros chien labrador, harnaché de cuir et de fer et que j'aurais bien vu porter des lunettes noires comme son maître. Où vont les mouches en hiver ? Où sont les vétérans du Kiss les jours de lendemain ?

Chris a sauté de son bouddha comme un pilote de son chasseur. Oublié, son imper froissé du TGV, ses joues grises, ses cheveux sans soin, son spleen ferroviaire. Ce soir, il arborait un cashmere lavande sans col avec tour de cou de soie mauve doré. Ses cheveux, rabattus en arrière à l'aide d'un gel, étaient plutôt blonds et, se déhanchant dans un étroit pantalon noir fait d'un tissu léger et recherché et que prolongeaient de minces souliers de daim noir à boucle dorée, il marchait vers nous les bras écartés comme un footballeur qui vient de marquer un but.

Dans le TGV, il nous avait donné les invitations pour le Kiss un peu comme on jette une bouteille à la mer. Et Dieu sait si Chris Cuvier avait dû en jeter, des bouteilles à la mer. Et nous étions là. Et nous faisions comme si Agnès, comme nous de la promotion des cerises, Tong Tong, promotion des pommes de juillet, sucrées et acides, Muriel et Carole, pommes de plein été, et Claire, une poire juteuse, de la promo de septembre, nous faisions comme si nous étions un vieux groupe d'amis habitués à sortir ensemble.

Chris, qui avait évalué le verger d'un coup d'œil, adressa à ses connaissances du wagon-bar un regard de considération. Puis il frappa dans ses mains, faisant aussitôt apparaître le grand Enguerrand (qui ressemblait décidément à Goofy), et, campé dans une pose de Monsieur Loyal :

— Boissons à volonté pour la table 13 !

Agnès, comme nous, était épatée d'une telle réception. Carole, Claire, Tong Tong et Muriel ne l'étaient pas plus que ça. C'était la différence d'âge. Si Chris m'avait demandé comment je trouvais l'ambiance, je lui aurais répondu qu'apparemment il y avait des renards et des chattes, des chats et des renardes, comme dans l'île Enchantée de Pinocchio qui devrait jumeler avec le Kiss Club.

Le groupe Cabine XIII s'est aligné devant le bouddha du didjé : Tony Detserclès, le chanteur, un petit visage réduit et chiffonné à la Rimbaud, à la James Dean, joli mais pas très régulier, chantant bien. Jack Deberre, le guitariste, grand nez, grands cheveux, maigre. Rob Mortier, à la batterie, un haltérophile impassible, et Michou Brasier, guitare basse, lunettes noires sur visage oblong, cheveux pauvres, noirs, teints, longs. Retenez ces noms, on reparlera de Tony Detserclès, Jack Deberre, Rob Mortier et Michou Brasier. Pendant plus d'une heure, Cabine XIII a mis le feu au Kiss. Vers la fin, ils ont chanté quelque chose qui ne ressemblait pas au reste : « *Tshiao, tchen yu siouscheu chan dang.* » C'était du chinois, mais sans être du vrai chinois. Et ils ont répété le même couplet dans les langues de beaucoup de pays, mais qui n'étaient pas ces langues. On en redemandait, ils en redonnaient. Après, une fille a demandé *I'm just a gigolo*, ils ont mis *I'm just a gigolo* pour la fille qui dansait toute seule, ils l'ont arrêté avant la moitié et ils ont lancé immédiatement les lourds bataillons de la technothérapie qui ont dévalé comme des troupeaux de bisons à travers les haut-parleurs et attiré aussitôt les danseurs et les danseuses aux gestes calculés et rengaineurs.

Nos cavalières buvaient pas mal et tenaient en selle. Les cavaliers ont trébuché plus tôt. Furtif lui-même, qui ne plaisante pas d'habitude sur le *self-control*, gîtait du nez. Pendant assez longtemps, un peu sauvages, nous sommes restés à plaisanter entre nous. Puis les filles ont ouvert la route du Kiss, elles sont allées danser, Agnès la première. Elle s'installa au milieu de la piste où elle serpenta sur elle-même, et, tout de suite, un renard à la quarantaine fluide vint bouger à sa hauteur. En quelques instants, il apprivoisa Agnès, la ploya doucement par la taille pour la faire danser parfois vite, parfois doucement, parfois sèchement. À la fin de la danse, il s'inclina de travers et on ne le revit plus. Toutes, à notre table, étaient bonnes danseuses, mais Tong Tong se mouvait comme l'aventurière énigmatique et provocante croisée il y a longtemps dans ce film qui se passait à Macao et que je n'avais pas oublié. On ne pouvait que partager l'enthousiasme d'Adham qui fournissait devant Tong Tong la prestation qu'elle méritait. Du haut de sa console, Chris s'exclama : « Mais c'est Valenssé le Désotin, c'est Tred Asfaire, votre ami ! » L'aventurière de Macao baissait les yeux avec indulgence.

Un peu plus tard, Chris a programmé une série de morceaux et nous a fait signe, à Furtif et à moi, de le suivre pour nous conduire jusqu'à un appentis qui jouxtait les toilettes des femmes. Il nous a désigné un trou dans la cloison, a éteint la lumière, et, dans le noir, nous a dit de regarder par le trou, et, tandis que nous regardions, nous voyions ce que Chris commentait :

— Vous avez vu ? Il y en a deux sur trois qui empoignent la culotte par le milieu et qui pissent sans la retirer !

— Encore un truc qu'elles ne disent jamais, laissa tomber Furtif.

Quand nous sommes revenus à notre table, on nous a demandé ce que nous étions allés faire. Nous pouvions difficilement prétendre que Chris nous avait emmenés voir sa collection de clés anciennes, c'est pourtant ce qu'a fait Furtif. Plus tard, chez moi, alors que nous fumions une cigarette sur le lit de ma chambre, Claire a insisté pour savoir où nous étions partis. Je le lui ai dit, elle a ri, elle voulait savoir si ça m'avait excité.

Vers cinq heures du matin, au Kiss Club, Chris a lancé une série de Rolling Stones qui ont donné le signal du départ pour les neuf dixièmes de la salle. Mon quart d'heure était venu. Dès les premiers trilles de *Brown Sugar*, j'ai ébloui tour à tour une patrouille de rockeuses et je me suis pas mal ébloui moi-même, j'étais sûr de moi, réservé et sauvage, amusé et grave : les boiteux qui dansent sont comme les bègues qui chantent, ça ne se voit pas, ça ne s'entend pas.

Nous n'étions plus qu'une vingtaine quand Conchita la Reine du Portail arriva, suivie de l'immense Enguerrand portant un gros gâteau au chocolat. Un gâteau qui nous a donné assez d'énergie pour nous lever et partir, à la fermeture. Sur le trottoir de la rue de Marengo, il n'y avait plus que nous et Chris. J'ai proposé de venir boire un *ultime* verre à la maison : ultime ou fatal ? Ma proposition fut accueillie comme allant de soi et je sentis que le sentiment général était qu'un dernier verre en appelle un autre.

Chris disparut et revint un moment plus tard au volant d'une Ford Pacer, une voiture futuriste des années soixante-dix, un gros œuf de saumon. En s'arrêtant à notre hauteur, le bras appuyé à la portière, il a montré du doigt sa vieille auto neuve : « collector ». Carole (que je venais de voir embrasser Furtif), Furtif et Agnès sont montés à l'arrière et Muriel (que j'avais vue se laisser embrasser sur la bouche par Chris peu avant la fermeture) s'installa à côté du chauffeur. Je suis monté dans la Volkswagen de Claire, où Adham et Tong Tong s'étaient déjà installés et se bécotaient à l'arrière. Nous avons démarré et pris la tête du convoi. Au moment où nous dépassions sa voiture citrouille, Chris Cuvier a crié : « *Right ho, Jeeves* ! »

Nous avons roulé lentement, pointant le

museau aux carrefours. À un moment, Claire, un œil dans le rétroviseur, a dit : « Bizarre tenue de route, la Passat... » Nous venions à peine de nous garer devant la porte du 7, Barthélemy-Casier et de poser le pied sur le trottoir qu'un cri d'horreur s'échappa de tous les gosiers de la Passat, à l'exception d'un seul, celui de Chris Cuvier, qui libérait une queue de renard sous haute pression sur le volant, les instruments de bord, le pare-brise et un peu de la jupe de Muriel. Le malheureux essayait maladroitement de corriger le geyser en se mettant les mains devant la bouche, ce qui avait pour effet de multiplier les trajectoires entre ses doigts. « Vomissez par la portière ! » criait Adham qui était venu à sa hauteur et avait ouvert la porte, libérant une odeur de dégueulis qui se répandit instantanément dans la petite rue calme, faisant fuir tout le monde aux quatre coins. Tout le monde, sauf Carole, Furtif et Agnès, car, la Passat étant un modèle à deux portes, ils étaient coincés à l'arrière de la voiture dont Muriel n'arrivait pas à débloquer le siège du passager avant pour leur donner la sortie. Quant au conducteur, retenu par sa ceinture de sécurité et accaparé par les gerbes brûlantes qui échappaient à tout contrôle, il n'était pas en mesure d'écouter les conseils. Si bien que les trois prisonniers hurlaient comme les encastrés d'un drame de la route. Finalement, Claire, qui avait gardé son sang-froid, est arrivée avec des vieux chiffons que nous avons pliés sur plusieurs épaisseurs et qui nous ont permis de débloquer la ceinture de Chris, de l'empoigner et de le sortir avec les précautions que nous aurions mises à manipuler un irradié. Les mêmes chiffons isolateurs ont permis de venir à bout du siège du passager avant, libérant Carole, Furtif et Agnès, qui jaillirent comme des rats de la voiture collector.

Claire m'a demandé les clés du deuxième, et, suivie de Muriel, elle s'est engouffrée dans l'immeuble. Dans la rue, chacun reprenait ses esprits et on commençait à entendre des rires, étouffés par sympathie envers Chris. Il était debout, appuyé contre le mur à côté de la porte de l'immeuble, sa veste de fin cuir vert canard, son cashmere lavande, son tour de cou doré et ses longues chaussures d'écuyer médiéval étaient mouchetés d'impacts odorants, et il souriait, penaud et déjà de bon poil :

— Alors ça ! En vingt-cinq ans de carrière dans la limonade, ça ne m'était encore jamais arrivé : une queue de renard force huit ! Ah, elle a eu ma peau, la bande du TGV !

Claire et Muriel ont surgi de la maison, gantées de caoutchouc, l'air décidé, armées de deux seaux en plastique remplis d'eau, de rouleaux de Sopalin, d'une brosse à vaisselle et de deux éponges de cuisine. Elles se sont d'abord emparées de Chris Cuvier, qu'elles ont toiletté de leur mieux malgré ses faibles protestations, puis elles ont entrepris de démaculer la citrouille de collection. Tâche ingrate, qu'elles commencèrent à accomplir en se masquant le nez de deux foulards de soie que je reconnus pour être sortis de la commode danoise de ma mère. Nous les avons aidées. Tong Tong était restée très à l'écart de l'opération après avoir dit d'une voix douce : « Je ne peux pas, je suis désolée, je vais être malade. »

— Bon, si nous montions le boire, ce dernier verre ?

J'aurais été minable de ne pas le proposer. D'ailleurs tout le monde se retrouva sans protester autour de la table de la cuisine, buvant du vin, qui, après les philtres entêtants du Kiss, avait un goût de retrouvaille avec le vieux pays. Chris Cuvier voulait-il aller prendre une douche ? La salle de bains de ma mère l'attendait. J'étais monté chercher dans ma chambre Petite Joie, qui aimait la compagnie. Elle et moi sommes très liés, bien sûr, mais quand il y a de la compagnie, elle ne s'occupe pas du tout de moi. Elle n'est pas à quêter mon regard ou à se coller à moi pour bien montrer qu'elle est la fille du patron. Elle est partie en s'étirant visiter chaque personne, tester les différences entre les voix, les yeux et les caresses, et est restée particulièrement longtemps en compagnie de Tong Tong qui sait sûrement parler cette langue mi-chinoise, mi-chatte. Chris revint transformé : la douche lui avait redressé le teint. Il avait également douché ses vêtements, aux endroits où ils avaient été atteints, si bien qu'il était maintenant tigré de zones humides et propres. Il alla s'asseoir à côté de Muriel, mais ils se sont bientôt levés. Muriel a embrassé Tong Tong, Adham, Carole, Agnès, Furtif, Claire et moi, et puis Chris a également fait le tour de tout le monde, finalement tout le monde s'est embrassé en s'embrassant. J'ai confié à tout hasard à Muriel un déodorant pour cabinets, au cas où la Passat ne sentirait pas que le cuir. Penchés aux balcons du salon, ceux qui restaient au 7 saluèrent le départ de l'auto orange et Chris Cuvier se pencha par la portière en agitant la main en direction du soleil et en s'écriant :

— *Right ho, Jeeves* !

Quand je suis revenu dans ma chambre, Claire dormait nue. J'avais couché la clientèle. Dans la nuptiale, Tong Tong et Adham qui en avaient déjà goûté avant les pâtes. Agnès a tenu à dormir sur le divan du salon en compagnie de Petite Joie. En me penchant pour l'embrasser, je lui ai dit :

— Comme tu dansais bien. Ton meilleur danseur, c'était le type à la quarantaine fluide, qui t'a fait ployer et tourner, parfois doucement, parfois sèchement.

— Oui, a-t-elle répondu, il était bizarre, j'aimais bien.

— Pourquoi ne me l'as-tu pas dit ? Je serais allé lui proposer de se joindre à nous. On aurait vu. Pourquoi tu ne me demandes pas ces choses-là, lui a demandé Paul Newman.

— Mais c'est à moi que je les demande, figure-toi, a répondu la Beauté Contrariée. Et elle a ajouté, en attirant Petite Joie sous le plaid : Maintenant, laisse dormir les filles du canapé.

Furtif et Carole étaient logés trois étages plus haut, dans les cinq étoiles de mes grands-parents. Et puis me voici allongé sur le dos, à côté de Claire. Dehors, des bandes de moineaux poussent leurs petits cris du jour venu, durs comme des cailloux. Claire me tourne le dos, les genoux remontés vers la poitrine. Je m'allonge sur le ventre et je la contemple de mon œil de voleur, là où ses jambes se rejoignent. Et Adham, et Tong Tong ? J'aimerais savoir.

6

Flics en août

Peu avant onze heures du matin, on a frappé à la porte de ma chambre qui s'est ouverte sur Adham. Adham, mince et musclé, en face de moi, maigre et maigre. Dans chaque main, il tenait un mug de café qu'il nous tendit, après quoi il extirpa d'une poche quelques Gavottes dont la vue nous fit pousser des cris. Claire ne songea à remonter le drap sur elle qu'après une deuxième gorgée de café. Elle se fichait pas mal qu'Adham l'ait vue nue, alors que ni lui ni moi ne nous en fichions autant qu'elle. Il avait tourné vers nous ma chaise de travail et annonça que Tong Tong avait disparu.

— Tong Tong ! a dit Claire.

— Tong Tong ! ai-je dit.

— Tong Tong, a opiné Adham gravement.

— Mais elle n'a pas disparu, elle est rentrée chez elle, tout simplement, a protesté Claire.

— Mais bien sûr, Adham, ai-je ajouté sur un ton raisonnable, ce n'est pas une disparition. Tong Tong n'a pas voulu te réveiller, voilà tout.

Apparemment, Adham avait prévu nos réactions :

— Le mieux, Paul, est que tu descendes à la nuptiale.

J'ai enfilé mon pantalon, passé une chemise et j'ai suivi Adham dans l'escalier.

À part les draps qu'il fallait changer, il n'y avait rien de particulier à dire sur la nuptiale. Claire nous avait rejoints après s'être douchée et nous nous regardions d'un air interrogatif.

— Vous ne voyez rien ? a demandé Adham en tirant le rideau pour faire la lumière.

J'ai regardé la moquette : pas de brûlure de cigarette. Aucun aliment n'était collé au plafond, pas de dégradation, mais, à bien y regarder, une effraction : sur le mur au-dessus de la commode danoise, le tableau d'Amédée Pianfetti avait été décroché et posé au sol, contre la commode danoise. Une chose sautait aux yeux : au milieu de l'espace libéré par le tableau se trouvait un petit coffre-fort mural, carré, de deux mains de côté, comme on en voit dans les vieux films, ouvert, vide. Jamais je n'aurais pu imaginer que ma mère avait fait installer un coffre-fort derrière un tableau pour y planquer un magot. Ou alors, peut-être était-ce Romain, mon beau-père ? Impossible : Romain est loin d'être un pauvre, mais un coffre-fort, ça ne correspond pas à sa modernité. Nous étions tous les trois à lorgner le rictus de ce petit coffre béant, comme des

130

badauds devant un accident, et j'ai vu les yeux de
Claire et d'Adham s'arrondir quand je leur ai dit :

— Ce coffre, pour moi, première nouvelle.

J'ai appelé ma mère à Hossegor. Elle aussi, première nouvelle. Elle a d'abord cru que je faisais
une blague ou que j'avais bu, puis je l'ai entendue
appeler Romain : « Est-ce toi qui as fait installer
un coffre-fort derrière le Pianfetti ? » Pour
Romain mon beau-père, aussi, première nouvelle : « Un coffre-fort, comme Picsou ? » La voix
de ma mère était plus calme, légèrement trem-
blante cependant :

— Dans ce cas-là, ce ne peut-être que *ton*
père. On n'a pas repeint la maison depuis des
siècles et personne n'a bougé le Pianfetti. Ça ne
peut être que ton père. En tout cas, il faut que tu
appelles tout de suite la police.

— Mais je ne peux pas appeler la police, je suis
mineur !

Elle riait :

— Tu es peut-être mineur, mais tu es sur
place. Appelle et tiens-moi au courant.

Je me voyais en train d'expliquer à la police
qu'on avait violé dans une maison habitée depuis
un demi-siècle par la même famille un coffre
dont tout le monde ignorait l'existence. D'ailleurs, le coffre n'avait pas été violé mais ouvert
sans effraction. Ouvert parce qu'il avait été laissé
ouvert, une fois vidé, par mon père, si du moins
c'était le coffre de mon père. Ou bien ouvert par

quelqu'un qui connaissait la combinaison : Tong Tong ? Mais qu'est-ce que Tong Tong, vingt-deux ans, avait à faire dans cette histoire avec mon père, soixante-deux ans, s'il vit encore ? Ça non plus, ça n'allait pas être facile à expliquer.

Adham et Claire étaient partis faire des courses pour le déjeuner. J'étais toujours dans la nuptiale, assis sur le lit, tenant sur mes genoux la nature morte d'Amédée Pianfetti. Un aplat rouge : une nappe. Des poires et des figues dans une assiette de terre, des tomates dans une écuelle de terre, une potiche de terre peinte, une lampe à pétrole, un couteau posé sur le bord de l'assiette, une nappe rouge occupant les deux tiers du fond, appuyée contre un mur de papier peint indigo rayé verticalement de gris. Dans la famille, on l'appelle le Matisse, mais c'était bien Amédée qui l'avait peint et vendu à François Farnaret, mon grand-père paternel. Amédée n'était pas un faussaire : il tenait le restaurant Chez Charlie, rue des Augustins, une petite rue située près du port, au nord du quai Cronstadt, où il cuisait très bien le loup, le rouget et le chapon, ces poissons recherchés pour leur chair exquise et dont les noms me faisaient penser à la chèvre de M. Seguin, à *La Marseillaise* et à la basse-cour. Anna, sa femme, qui était alsacienne (elle était d'ailleurs coiffée d'un chignon en bretzel), servait la clientèle avec un accent alsacien méridional et faisait une tarte aux pommes renommée. Amédée était un grand type maigre aux yeux vert doré, très doux. Son haleine sentait la Gauloise et le Casanis. Il était peu fébrile, si bien qu'Anna disait qu'il assistait au coucher du soleil à partir de midi. Elle exagérait, car il peignait des fleurs, des jardins, des poissons, des barques et des rivages, et il en peignait aussi souvent que possible. Je crois que je suis allé Chez Charlie pour la première fois avec mon grand-père Farnaret le jour de mes trois ans et, d'après lui, j'ai mangé de tout. La dernière fois que j'ai vu Amédée et Anna, c'était dans leur maison du Mont Faron, dont le jardin était planté de kermès et sentait la valériane. J'avais huit ans quand il est mort et neuf quand elle l'a suivi l'année d'après, et voilà que, si longtemps après, je pensais à eux, assis sur le lit de ma mère, qui n'avait pas désempli depuis deux jours. Devant le coffre qui me faisait face la bouche ouverte, je tenais le tableau d'Amédée sur mes genoux et je n'avais pas envie de le lâcher. Mon regard fut attiré par une tache claire sous la commode, un bout de papier que je suis allé ramasser machinalement. C'était un bordereau de retrait en liquide du Crédit Lyonnais, daté du lundi 17 janvier 2000 et portant sur une somme de trois cent soixante-dix mille dollars. Je me souvenais très bien que mon père avait disparu — ou était mort — le lendemain 18 janvier, donc avant l'arrivée de l'euro. Tout en retournant le bordereau entre mes doigts, j'imaginais les liasses de talbins bien rangées dans leur niche derrière les figues, les poires et les tomates du Pianfetti et dormant sagement pendant six ans sans que personne ne vienne les réveiller. Pourquoi mon père ne les avait-il pas embarquées ? Parce qu'il était mort ? Parce qu'il comptait passer les prendre plus tard, par exemple en août, quand l'appartement et l'immeuble seraient vides ? D'ailleurs, c'est aussi en août qu'il avait dû faire installer le coffre-fort, ce que confirma par la suite une facile enquête auprès du fabricant. Parce qu'il les avait oubliées ? Je crois qu'il en était capable. J'étais en train de me convaincre que mon père n'était pas mort. Si tel était le cas, s'il avait envoyé quelqu'un prendre le paquet de dollars, tout devenait plus difficile à admettre, plus inconfortable à imaginer : tout à coup, il n'était plus disparu, il était quelque part. Et à nouveau je me demandais quel pouvait être le lien entre lui et Tong Tong, je sentais monter une migraine et je chantonnais « Tong Tong si ce n'est toi, c'est donc mon père » quand Furtif est arrivé dans la chambre pour demander si Carole pouvait prendre une douche.

Il était assez guilleret, le nez avantageux ; en fait, à l'écouter, sa nuit avec Carole avait été éblouissante, il parlait de sa bouche, de ses seins, de sa peau, de son cul, un peu comme il aurait parlé de lui, et l'on sentait que cet étalon avait poussé du pied ces histoires d'éjaculations hâtives dans le cagibi des souvenirs d'enfance. Je l'aurais bien laissé continuer, car, à l'entendre et à le voir, j'avais l'impression de retrouver cette bonne vieille vie de chaque instant. Mais il s'est interrompu :

— Qu'est-ce que c'est que ce coffre-fort ?

Agnès, arrivée quelques instants plus tard avec Petite Joie dans les bras et ce T-shirt qui ne tombait pas très bas, m'a posé la même question. J'ai orienté tous les invités vers la douche du couloir quand le téléphone de la maison a sonné dans le salon. Mon grand-père Denis Flahault m'appelait de Bretagne. Il me dit que ma mère l'avait joint, qu'il était au courant, puis il m'a demandé :

— Cela t'ennuierait-il d'aller voir au cinquième s'*ils* ne sont pas passés ?

Lui s'en fichait un peu, de la cambriole, mais je compris qu'il se faisait du souci pour ses manuscrits et ses livres et que grand-mère Élisa, qui n'était guère attachée aux biens de ce monde, éprouvait simplement la peur de la gentille femelle de rongeur qu'elle était découvrant une odeur étrangère dans son terrier. Elle était plus près de la vérité que mon grand-père Denis : Furtif et Carole, deux mammifères en plein rut, s'étaient la nuit dernière introduits dans son terrier et même dans son lit, qui, grâce à Dieu, resterait muet. Telles étaient les petites musiques qui sourdinaient en lisière de ce coup de fil et je promis aussitôt une visite de vérification au cinquième et je promis de rappeler très vite, ce que n'avait pas osé me demander l'ambassadeur. Je verrais s'*ils* étaient passés au cinquième. Mais *ils* était seul et avait opéré au deuxième, *ils* était Tong Tong.

Le déjeuner dans la cuisine était délicieux. Au marché, assistée d'Adham, veuf et ténébreux, Claire avait fait le menu : figues épluchées, jambon à pattes noires, petits violets d'Hyères émincés que l'on trempait dans de l'huile d'olive mêlée de sel, salade de tomates émondées à la coriandre, provolone, poires et bandol rouge. Carole avait eu Muriel au téléphone. Un peu plus tard, elle avait reçu un SMS expédié à partir du portable de son amie et signé de Chris Cuvier, à l'intention de l'« équipe du TGV » : « Désolé, les gars ! »

Et j'étais assez désolé. Tandis que la conversation bourdonnait autour de moi, le fantôme de mon père, qui s'était fait discret depuis plusieurs années, revenait trotter dans mes pensées en invité surprise. C'est ainsi que, pour la première fois depuis longtemps, j'ai revécu notre ultime rencontre. C'était au Bois. Nous avions pris la voiture et nous étions allés promener le chien Roxy, un basset bouclé, c'est-à-dire croisé, vraisemblablement, de caniche — un chien de races, disait mon père. Ce jour-là, il faisait un froid humide, entourant notre progression autour du Grand Lac de nuages de brume, nous marchions vite, à l'habitude, mon père devant, puis Roxy, puis moi. J'aimais bien marcher le dernier afin de les tenir dans mon champ de vision : la démarche du mammifère, humain ou canin, est bavarde. Mon père portait un chapeau de feutre, une longue gabardine et une écharpe qui faisait amplement le tour de son cou et lui retombait sur la poitrine et dans le dos. Il avançait en balançant les bras avec un joli geste bien à lui, que j'imitais sans en être vu. Il parlait, il ne murmurait pas à voix basse, ni même à mi-voix, il parlait normalement, mais il marchait déjà assez en avant de nous pour que l'on ne puisse discerner ce qu'il disait et je voyais Roxy, qui aimait bien la voix de son maître, presser le pas pour trotter à sa hauteur. Ainsi, nous trottions derrière ce personnage que j'aurais pu encore toucher, interpeller, si j'avais su ; nous trottions, Roxy à quatre pattes, moi, à deux. Roxy qui allait disparaître la nuit même en même temps que son maître, accréditant la thèse des tout débuts, la thèse de la fugue, qui n'a pas tenu un jour. J'entends encore Vic Morton, brandissant son fume-cigarette d'ivoire, dire à ma mère qui n'avait pas songé à m'éloigner : « Mais une fugue, chère Rol, cela implique un retour de fugue : dans ce cas, pas la peine de s'embarrasser de son chien, il le retrouvera, le toutou, à son retour. Non, c'est autre chose. » Dans la voiture, de retour du Bois, je regardais devant moi tout en parlant avec mon père. Aujourd'hui je me tournerais vers lui pour essayer de voir si ce visage que je n'avais pas regardé trahissait quelque chose à l'idée de rompre les amarres avec moi, qui vivais en sa compagnie depuis dix ans. Pensait-il à ce que j'éprouverais ? Qu'éprouvait-il lui-même : ça devait être dur, tout de même, de quitter son garçon en sachant qu'il continuerait à vivre dans une maison où allaient longtemps traîner des traces de son ancienne présence ? Et les traces du garçon, dans son cœur ? Qu'est-ce qui pouvait le pousser à se faire la belle ? Dans cette voiture au chauffage moribond, il m'avait demandé, comme il le faisait assez rarement, des nouvelles de mes études, sachant que tout allait bien de ce côté-là et que je préférais toujours piocher un sujet de conversation sur tel ou tel point de tel ou tel programme. Il n'ignorait pas que je voulais mener de front lettres classiques et sciences et que je m'inquiétais d'y parvenir.

— Et en grec, qu'as-tu appris récemment ?

— L'histoire de Thétis et Médée, qui viennent trouver Idoménée et lui demandent de dire laquelle est la plus belle. Idoménée (qui est crétois) choisit Thétis. Médée, folle de jalousie, décrète que tous les Crétois sont des menteurs.

Si ma mémoire est fidèle, mon père était d'humeur joyeuse. Tout en conduisant, il me donna une tape sur le genou :

— Ne t'inquiète pas, travaille les classiques et les sciences autant que tu le pourras, si c'est ce dont tu as envie. Je ne me fais pas de souci pour toi, tu sauras toujours t'en sortir.

C'est à peu près la dernière chose qu'il m'a dite. Le soir même, il a dîné en ville avec ma mère et le lendemain, quand elle s'est réveillée, il n'était plus là. Je préfère évidemment cette version à la version : « Le lendemain, elle s'est réveillée, il était mort. » Cette dernière phrase de mon père, dans sa partie « je ne me fais pas de souci pour toi », me sert depuis régulièrement de bouée à laquelle m'arrimer et reprendre le souffle de la confiance en moi quand elle donne des signes de faiblesse. La partie « tu t'en sortiras toujours » est consolante, certes, mais, du fait d'une lâcheté qui m'est propre, l'idée d'avoir à m'« en sortir » suppose qu'au préalable, je m'« y » sois mis, ce dont j'ai une crainte terrible. Et voilà que sept ans et trois cent soixante-dix mille dollars après, ces pensées remontent à flot et m'envahissent à une vitesse démontrant qu'elles n'attendaient pas loin. Tu t'en sortiras toujours, avait-il dit ? C'était le moment où jamais.

On croyait ne plus entendre le doux babil d'Agnès, de Carole, de Claire, d'Adham et de Furtif, pourtant, il n'a cessé de chanter autour de la table, jusqu'au moment du café, quand Furtif m'a parlé à l'oreille :

— Paul, tu n'as presque touché à rien. Va te reposer. Les policiers ne seront pas là avant deux heures, on montera te chercher.

Leur unanimité m'a propulsé vers mon étage. Alors que je m'en allais, Claire avait-elle discerné dans mon regard fatigué une lueur qui ne l'était pas ?

Ma chambre, qui se trouvait sous un petit toit intermédiaire, était très chaude. J'ai pris ma première douche depuis l'annonce du fait divers, je me suis rasé, cueillant une récolte modeste de poils et de duvet. J'ai empoigné dans ma bibliothèque le tome I du *Journal de voyage* en Italie de Montaigne, en le reprenant à la page où j'avais glissé le signet lors de ma dernière lecture, et je me suis endormi tout de suite après avoir lu le passage où il compare les montagnes du Tyrol à une robe qu'on ne voit que plissée, mais qui, développée, ferait un grand pays où apparaîtrait l'étendue de ses surfaces cultivées et le nombre de ses habitants. Je m'endormis délicieusement et profondément d'un sommeil que je tenais de Petite Joie, un sommeil de chat où seule une oreille, petite sentinelle, demeure à la surface des choses. C'est ainsi que ma sentinelle m'avertit de la présence de Claire, entrée sans un bruit, souriant légèrement, avec un petit éclat dans l'œil. Elle était debout, en jupe et en chemise, à côté de mon lit, elle s'était déchaussée, regard baissé, elle retirait sa chemise et son soutien-gorge, elle levait les bras et tirait ses cheveux en arrière, son premier trésor qu'elle agitait doucement en plumet, en mon honneur. Je lui ai demandé de rester debout et je lui ai dit que je venais de lire un passage du *Journal de voyage* de Montaigne, où ce dernier compare les montagnes du Tyrol aux plis d'une jupe, qui, si on la déplie, fait apparaître le Tyrol en agrandissement.

— Oui, eh bien ?

— Eh bien, je te propose de mettre Montaigne en pratique, ça se fait en deux temps : si tu viens te tenir au-dessus de moi, un pied à droite, un pied à gauche, par le focus de ta jupe, j'ai une vue plongeante, comme une vue d'avion sur tes montagnes du Tyrol. Et si enfin tu t'accroupis vers mon visage, j'ai devant moi la carte agrandie.

— Dis donc, tu ne serais pas un peu spécial ?

— Je ne sais pas.

Elle est allée se placer en souriant au-dessus de moi :

— Attends ! Si on veut apercevoir le Tyrol, il faut que je retire la culotte.

On frappa, c'était Adham, à la fois solennel et réconfortant, qui venait nous annoncer que la police serait là dans cinq minutes. L'arrivée de la police méritait une douche où Claire et moi nous sommes précipités et avons achevé dans l'impatience ce que nous avions inauguré sur un rythme plus débonnaire.

Dans l'appartement du deuxième où nous attendions les policiers à cinq heures de l'après-midi, un commissaire et un inspecteur sont arrivés à dix-sept heures exactement. En bas les

141

attendaient une voiture française et un chauffeur de l'Administration. Vêtu d'un blazer et de pantalons de daim clair et chaussé de bottines Jodhpurs en cuir jaune, le commissaire principal Eddie Sanchez avait les yeux verts, était soigneusement mal rasé, coiffé à main folle, arborait un nez aquilin et bien dessiné et parlait avec une voix de sociétaire de la Comédie-Française. Petite Joie lui tourna aussitôt autour des jambes et Agnès fondait sur pied en le regardant. L'inspecteur chef Atmen Maarif, plus jeune d'une dizaine d'années, portait un costume croisé de toile gris clair, bien coupé, veste à deux fentes de dix-sept centimètres, chemise à carreaux bleu clair et bleu marine, bas de pantalon à dix-neuf centimètres de largeur, revers à trois centimètres, des souliers brun foncé à boucles, du quarante-sept au moins, l'inspecteur Maarif était un élégant colosse, une sorte de Fernandel en beau garçon. Le commissaire Sanchez nous l'avait présenté comme étant chargé de tout ce qui était police scientifique.

— Je suis le chien qui relève les traces laissées par le gibier, dit l'inspecteur, qui voulait nous mettre à l'aise, comme ces infirmières qui arrivent avec une seringue à la main et vous annoncent : « Ça va vous faire mal, mais vous ne sentirez rien. »

— Et moi, poursuivit le commissaire, je suis le chien qui va vous rapporter entre les dents cette

142

affaire bien ficelée et résolue, ne vous inquiétez pas.

Je lui ai avoué que nous étions quelque peu confus d'avoir dérangé un commissaire et un inspecteur pour une si modeste affaire.

— Il n'y a pas de petites ou grosses affaires, M. Farnaret, m'a-t-il dit d'un ton aimablement moqueur, il y a les bonnes et les mauvaises, et je peux vous affirmer que ce cambriolage au 7, rue Barthélemy-Casier m'a tout l'air d'être une excellente petite affaire. Par ailleurs, au mois d'août, c'est très agréable d'inaugurer une enquête en aussi bonne compagnie, pas vrai, Atmie ?

— Tout à fait, Eddie, a répondu l'inspecteur Maarif.

Nous avons ensuite conduit les policiers jusqu'à la chambre nuptiale, dont le lit semblait avoir été passé à la centrifugeuse. Nous étions assez gênés de voir ainsi l'intimité de la chambre livrée à des regards officiels, mais les policiers demeuraient impassibles :

— Tout est resté en l'état ? demanda M. Sanchez.

— Nous n'avons touché à rien, dit Adham, en regardant mélancoliquement le lit.

— Je veux plutôt parler du coffre, rectifia le commissaire. Vous ne l'avez pas manipulé, fermé, ouvert à nouveau avec vos petites mains pleines de doigts ? Non ? Dans ce cas, Atmie, à vous de jouer.

M. Maarif sortit alors de ses poches la brossette, le flacon de révélateur, le fixateur et la loupe nécessaires au relevé des empreintes digitales. Tandis qu'il opérait, M. Sanchez se saisit du tableau d'Amédée et le tint à bras tendus à hauteur de regard :

— Hum, votre mère possède là un très beau Matisse.

— Ce n'est pas un Matisse, monsieur le commissaire, c'est un Pianfetti.

— Pianfetti ? Je ne connais pas, dommage. Alors, Atmie, des empreintes ?

— Oui, les empreintes de deux personnes. Les unes, toutes fraîches, des empreintes féminines, apparemment, les autres, beaucoup moins claires et nettement plus anciennes, des empreintes d'homme, sûrement.

— Empreintes féminines toutes fraîches, dites-vous ? Pardonnez-moi ce genre de question, dit le commissaire en regardant à la ronde, mais une dame ou une demoiselle aurait-elle dormi cette nuit dans cette chambre ?

— Oui, une jeune fille a passé la nuit ici avec moi, répondit Adham, toujours mélancolique mais digne, malgré tout, dans sa réponse.

— Quel est son nom ?

— Tong Tong, ai-je dit, c'est la personne dont je vous ai parlé au téléphone, elle a disparu ce matin.

— Et d'abord à votre insu, monsieur. Monsieur ?

— Adham Shariat, monsieur.

— Décidément, c'est le rendez-vous des Sanchez, des Maarif et des Shariat, aujourd'hui, pas vrai, Atmie ? Ah, ah, ah !

Et l'inspecteur Atmie se mit à rire aussi :

— Les noms qui ne s'écrivent pas comme ils se prononcent, hi, hi, hi !

Adham n'était pas d'accord :

— Shariat s'écrit comme ça se prononce, monsieur.

— Mais non, voyez-vous, si les Shariat vivaient en France depuis la grotte de Lascaux, leur nom s'écrirait Chariatte et se prononcerait sûrement en chuintant et en roulant les r à l'auvergnate, quant à votre prénom, vous l'écrivez Adham et je viens de vous entendre le prononcer Adame. Adham comme le premier homme, n'est-ce pas ? Mais rassurez-vous, nous ne sommes pas de la police des noms, d'ailleurs, quand on s'appelle Sanchez et Maarif, il faudrait un certain culot, ah, ah, ah !

Le commissaire Sanchez reprit son sérieux. Tout en promenant son index entre la lèvre inférieure et le menton, il dit :

— Tong Tong, dites-vous, Tong Tong, une Asiatique, une Chinoise... belle ?

— Très, affirma Adham.

— Une Asiatique, très belle, sans doute fluide, silencieuse, souple, intelligente : celle-là, on n'est pas près de lui mettre la main dessus. Et votre père a disparu de son domicile depuis sept ans ? Ce sont vraisemblablement ses empreintes qui sont sur le bordereau, bon, je n'y comprends strictement rien, peut-on visiter le reste de l'appartement ?

Dans la cuisine, le commissaire a demandé si Tong Tong avait pris au moins un repas dans cette pièce. À notre réponse affirmative, il a demandé si depuis nous avions fait la vaisselle. À notre réponse affirmative, il soupira :

— Bon, Atmie, allez prendre les draps dans la chambre du coffre-fort, ils doivent fourmiller de codes génétiques. Monsieur Shariat, l'inspecteur Maarif va relever votre empreinte génétique, ce qui nous permettra de procéder directement par élimination, vous comprenez ? Bien, passons au salon : quelqu'un a-t-il dormi au salon ?

— Oui, moi, a répondu Agnès.

Le commissaire m'a regardé d'un œil froid et indifférent :

— Décidément, on dort dans toutes les pièces, chez vous, monsieur.

Puis, se tournant à nouveau vers Agnès :

— Pardonnez-moi, mademoiselle, mais avez-vous dormi seule ?

— J'étais seule dans le salon, avec Petite Joie.

— Une autre Asiatique ?

— Non, la chatte de Paulo, je veux dire : M. Farnaret.

M. Sanchez a ensuite demandé à monter au

146

cinquième. Je l'ai conduit à la chambre de mes grands-parents où nous sommes tombés sur Claire et Carole, qui venaient de changer les draps.

— J'arrive à temps ! s'écria le commissaire. On efface les traces du crime, ah, ah, ah ! Je plaisante, mesdames, rassurez-vous, foi d'Eddie Sanchez, ce n'est pas mon genre de renifler dans les coins quand ce ne sont pas les coins que je cherche et je ne demanderai pas qui dormait dans ce lit changé à neuf.

— Nous n'avions pas pensé..., a dit Claire.

— Mais vous avez tout à fait bien fait, madame, je voulais simplement vérifier que tous ces lits avaient servi la nuit dernière, petite vérification anticanular : vous savez, ça nous arrive à nous aussi d'être victimes de canulars. N'est-ce pas, Atmie ?

Nous sommes ensuite montés à ma chambre pour vérification anticanular, avec, selon le commissaire, un lit qui avait l'air de fourmiller d'empreintes génétiques : les miennes et celles de Claire, dans un mélange qui devait parler à l'imagination des microscopes.

— Vous m'avez bien dit, je crois, que deux personnes ont également dormi ici, a demandé le commissaire.

Claire m'a devancé :

— Deux personnes, en effet, a-t-elle répondu en rougissant.

147

— Parfait, dans ce cas, rien d'autre : pouvons-nous descendre régler quelques détails au salon ? Après quoi, l'inspecteur Maarif et le commissaire Sanchez se retireront en vous priant de demeurer à Paris durant les prochaines quarante-huit heures et de bien vouloir les excuser d'avoir été aussi envahissants.

En redescendant je me demandais pourquoi Claire avait répondu à ma place à la question du policier. Je la revoyais rougissante ; en fait, elle ne rougissait pas de ce qu'elle disait, elle rougissait de le dire au commissaire Eddie Sanchez.

Au salon, il s'est assis dans le gros fauteuil rouge à côté du téléphone. Il a feuilleté le calepin où l'inspecteur Maarif avait noté les noms et les coordonnées de toutes les personnes qui avaient séjourné au 7, les nuits précédentes. Il s'arrêta sur une première fiche :

— Chris Cuvier ?

— Oui, il a passé un moment en fin de soirée, il dirige un *night-club* rue de Marengo, dit Furtif.

— Il n'est pas directeur, il est didjé, je le connais. Vraisemblablement aucun lien avec l'affaire, non ?

Il continua à tourner les pages du calepin, puis il arrondit les sourcils :

— Olivier Deperthuy ?

Il se tourna vers Furtif le Loquace et lui demanda :

— Vous êtes Olivier Deperthuy ?

— Oui, monsieur.

— De la famille du commissaire divisionnaire Didier Deperthuy ?

— C'est mon père, répondit Furtif.

— Votre père ! Effectivement, il y a quelque chose, du côté du nez. Figurez-vous que j'ai commencé avec lui comme inspecteur stagiaire à une époque où vous n'étiez pas né et où je venais à peine de naître, il m'a tout appris ! Si nous buvions un coup et sortions les cigarettes ?

Claire et Carole sont revenues presque aussitôt avec un plateau, des verres, des bouteilles et des glaçons, et Claire Fougereau demanda à Eddie Sanchez, qui semblait de fort bonne humeur, ce qu'il voulait boire :

— Eh bien, madame, étant d'un naturel shakespearien, je vous serais reconnaissant de bien vouloir me servir un Ricard III.

Le Ricard III fut contagieux et tout le monde en prit. Le commissaire me vola deux cigarettes, l'une pour lui et l'autre pour l'inspecteur.

— Vous avez vu, Eddie ? lui demanda l'inspecteur en lui indiquant de l'œil le petit piano droit.

— Oui, Atmie, j'ai vu.

Eddie Sanchez se leva avec son verre et un cendrier et alla les poser sur le piano, qu'il ouvrit. Il commença à jouer un peu de jazz du bout des doigts, debout, puis assis, et il raconta, tout en pianotant :

— Didier Deperthuy était un grand flic, un gentleman, et il avait de la chance. C'est lui qui, après une traque patiente de trois ans, a passé les bracelets à Blaise Roscret, le gitan, et sa bande, sans qu'un calibre ait été sorti de son étui. Lui qui, s'éméchant un soir en solitaire dans un bar à côté d'un inconnu, a, au sixième whisky, reconnu en son voisin, malgré sa moustache rasée et ses cheveux fraîchement bouclés, Aurélien Bienfait, récidiviste évadé de Fresnes. Lui encore qui était là, à Saint-Martin-la-Menoise, un soir de mars sous une pluie battante, devant le pavillon de l'écrivain Gilles Bayère qui, persécuté par son éditeur et par sa femme, venait d'étrangler celle-ci et s'était barricadé avec un fusil de chasse avec son fils de quatre ans. Le feutre dégoulinant, tenant largement ouverts les pans de son imperméable, comme une grande chauve-souris rassurante, le commissaire principal Didier Deperthuy s'est présenté à la porte de l'écrivain fou qui lui a ouvert. Une fois la porte refermée, trente gendarmes, trois ambulances, dix inspecteurs, cinq hauts gradés, le préfet, vingt radios, six chaînes de télévision et un échantillon représentatif de Saint-Martin-la-Menoise ont commencé à attendre. Un drame humain, une célébrité, un grand flic : on jouait à guichets fermés. La porte s'est ouverte et le commissaire Deperthuy est apparu sous la pluie, dans la lumière des projecteurs, portant un petit garçon qu'il tentait d'abriter de son imper et marchant exactement à la vitesse qu'il fallait pour que rien de grave ne se passe. À peine était-il arrivé au niveau du rideau de police et de médias qu'une détonation a retenti dans la maison : Bayère venait de se donner la mort. Les journalistes voulaient savoir ce qui s'était passé à l'intérieur de la maison :

« Il avait toujours son fusil avec lui. On a parlé un peu, je lui ai proposé de nous asseoir, il a dit oui. Je lui ai demandé s'il voulait bien que je reparte avec son garçon. Nous avons encore parlé, puis il a dit que c'était d'accord. J'ai pris le garçon par la main et nous sommes allés tous les trois vers la porte, sans nous presser. Alors, une fois que le petit était dans mes bras, j'ai voulu savoir si M. Bayère viendrait aussi. Il m'a dit qu'il voulait rester encore un peu, qu'il sortirait plus tard. »

Le commissaire a refermé le piano, il s'est levé en s'adressant à Furtif :

— Monsieur Deperthuy, voici ma carte, donnez-la à votre père et dites-lui qu'Eddie Sanchez ne l'a pas oublié.

Une fois les policiers partis, épuisés, nous avons continué à boire dans le salon, maussades, au fond, depuis que le flamboyant commissaire et le sémillant inspecteur avaient déserté les lieux. À nouveau je sentais le poids défavorable de cette différence d'âge entre les hommes et les garçons. Adham, navré de tout ce qu'il pensait être arrivé par sa faute (sa faute étant Tong Tong), Agnès, bien placée pour se savoir à l'origine de Tong Tong, Furtif, sous le coup de l'émotion d'avoir entendu son père parler par la voix du commissaire principal, une voix de la Comédie-Française. Carole et Claire, seules, semblaient en paix avec les circonstances.

J'étais affalé dans le fauteuil rouge, encore chaud des fesses du commissaire, quand le téléphone de la maison sonna. J'ai décroché en appuyant sur le bouton du haut-parleur en chuchotant : « Je vous parie que ce sont les flics. » C'étaient eux. Le commissaire Sanchez était désolé de nous déranger, il appelait du quai des Orfèvres et désirait savoir si Mme Fougereau était toujours là.

— Elle l'est ? dit le commissaire. J'entends que vous êtes sur haut-parleur, c'est très bien, je vais m'adresser à Mme Fougereau et lui demander si elle se souvient de l'endroit où elle a garé sa voiture.

— Absolument a répondu Claire à la voix du haut-parleur. Je l'ai garée au pied de l'immeuble.

— Pouvez-vous aller vérifier ? a insisté la voix du sociétaire.

Et Claire est allée au balcon du salon et a crié :

— Merde, la voiture a disparu.

— N'est-ce pas ? a aquiescé le haut-parleur. Écoutez, je l'ai fait revenir ici, elle vous attend

152

dans la cour de la préfecture. Elle est intacte, c'est un professionnel délicat qui a fait la chose, il l'a abandonnée en parfait état devant un trottoir du boulevard de l'Hôpital. C'est là qu'on l'a retrouvée. Ceci expliquant sans doute cela, votre voiture sent horriblement mauvais.

— Merde, le camembert dans le coffre ! s'écria Claire en riant.

Le commissaire était toujours au bout du fil :

— Écoutez, madame Fougereau, je vous propose de venir prendre votre voiture maintenant, on ne peut pas la laisser dans la cour de la préfecture trop longtemps. Par ailleurs, en passant vos identités à tous dans les filtres de nos ordinateurs, l'inspecteur Maarif a constaté que Mlle Carole Vianney était l'objet d'une suspension de six mois de permis de conduire qu'il a préalablement neutralisée. Pourrions-nous régler tout ça d'ici une heure, par exemple, au café en face du Palais de justice. Aux Deux Palais ?

Claire et Carole sont parties illico. Je n'en revenais pas, Adham n'en revenait pas, Furtif n'en revenait pas. Agnès a dit que ce Sanchez était un con. Il est vrai qu'il l'avait à peine regardée. Un peu plus tard, Claire et Carole ont appelé des Deux Palais pour nous dire qu'elles nous rejoindraient plus tard. Elles n'ont pas rappelé. Nous avions prévu ce dîner avec Vic Morton. Je suis descendu frapper à sa porte au rez-de-chaussée.

153

Vic et Bernie Maccomber, son vieux fiancé, un ancien d'Oxford et du Foreign Office, étaient au lit, appuyés sur de gros oreillers, en train de regarder le DVD de *L'Affaire Scipion*, un verre de scotch à la main.

— On dîne toujours ensemble ? m'a demandé Vic en me servant un verre à partir de sa table de nuit.

Je n'avais jamais autant bu de ma vie que depuis ces deux derniers jours. Bernie, d'un geste courtois, m'a fait signe de m'asseoir au bout du lit et Vic m'a dit :

— Tu as une drôle de frimousse, tu devrais nettoyer un peu tes lunettes. Il se passe quelque chose ?

Vic et Bernie nous ont invités, Agnès, Adham, Furtif et moi, chez un Italien de leur choix, le Dorsoduro, pas loin de la Nation. Ravis, ils ont écouté nos versions de l'affaire du coffre-fort. Vic m'a appris qu'il connaissait Sanchez et qu'il le joindrait le lendemain. Bernie Maccomber a conclu : « En tout cas, ils sont bien, vos policiers, des as de la pêche à la ligne téléphonique. Maintenant, vous savez qu'on peut être jeune, célibataire et cocu. » Agnès et Petite Joie ont dormi à nouveau sur le divan du salon. Furtif, tout habillé et pensif, s'est à demi étendu sur le lit de grandmère Élisa, où il avait dormi avec Carole. Adham ne voulut pas rentrer chez lui et préféra la chambre du crime, où il se jeta sur le lit sans draps et sans Tong Tong, enveloppé d'une couverture. Et moi dans mon perchoir, où *Don Quichotte* m'attendait, assis au bout du lit, tellement maigre qu'il faisait des trous dans la couette. J'ai dormi avec le livre fermé.

7

Jean-Jeannette

Il était un peu plus de midi quand je me suis penché par la fenêtre de la micheline qui entrait en gare de Cléon-le-Dran. Sur le quai, François Farnaret m'attendait, me scrutant de sa haute taille, les bras le long du corps, en plein soleil. Coiffé d'un béret rond, il portait, malgré la chaleur, un gilet de laine grise boutonné sur une chemise en pilou à carreaux marron, pantalon gris coupé large et montant à la taille, charentaises de sortie aux pieds, car il n'allait jamais plus loin que son potager quand il était chaussé de ses charentaises de tous les jours, deux chats pelés et fourbus, avec lesquels Minette, ma grand-mère paternelle, ne l'aurait jamais laissé partir. Nous nous sommes serré la main et il a empoigné mon sac à dos. À quatre-vingt-deux ans, il est resté vert. Sous le béret, il abrite une brosse blanche et drue qui lui demande peu d'entretien et qui contraste avec le duvet ondulé et jardiné de mon autre grand-père, Denis Flahault. Nous sommes montés dans sa Renault Espace, une des toutes premières sorties, qu'il avait achetée au moment de sa retraite. Elle ne fait pas jeune, mais elle est admirablement entretenue, tant pour la propreté que pour la santé technique. Elle a vingt-deux ans. Si l'on calcule l'âge des voitures comme celui des bêtes, il faut multiplier par sept pour connaître son âge à l'échelle humaine, soit cent cinquante-quatre ans. C'est pourquoi je vois un peu la Renault Espace de mon grand-père comme mon arrière-grand-mère. En près d'un quart de siècle, elle avait brouté les kilomètres sans hâte et sans répit, ne connaissant comme sensation que les fesses de l'Amiral (c'est ainsi que la jeunesse appelle mon grand-père), qui conduit avec le doigté impassible d'un capitaine de bateau à aubes du Mississippi, et les fesses, plus pointues, de Minette, au style hésitant et klaxonneur.

Elle nous attendait, devant le garage du repaire de La Tortue, au terme de vingt minutes d'une route dont je connaissais chaque caillou par son prénom. « Elle a préparé un pintadon aux olives », m'avait averti l'Amiral. Les cheveux blancs bouclés, de petits yeux verts, une peau très blanche, Minette a douze ans de moins que mon grand-père, elle est gaie, drôle, stridente, susceptible, orageuse, boudeuse. Elle est aussi un trésor national vivant du fourneau.

La Tortue est la maison de la famille de François Farnaret. Elle s'est peut-être appelée autrement, mais je n'ai connu que La Tortue. Quand mes grands-parents sont revenus de Tahiti, où mon grand-père avait commandé la base aéronavale, ils ont installé de nouvelles pièces à la place d'anciens greniers à tabac et les ont décorées de harpons, de fresques en écorce de palmier et de carapaces de tortues. L'une des chambres s'appelle La Tortue qui plonge, l'autre, La Tortue qui vole. Elles sont glaciales en hiver, glaciales à Pâques, malgré les radiateurs électriques, étouffantes en été, mais on se bat pour y être. Les deux maisons contiguës à La Tortue abritaient la sœur jumelle de l'Amiral, qu'il appelait, pour cette raison, Foeta, et Margot, son autre sœur, une belle femme mélancolique qui n'était pas faite pour la campagne. Aux périodes des vacances, ces trois maisons fourmillent de cousins et de cousines.

Après avoir traversé le jardin suivi de mes aïeux, qui, derrière moi, cherchaient sans doute à voir où j'en étais de ma croissance, j'ai ouvert la porte de la cuisine comme si c'était chez moi et je me suis écrié : « Ciel, du pintadon aux olives ! » Minette nous a servis en espadrille, une Craven au bec, en silence, car elle ne voulait pas perdre un seul de mes râles d'extase à chaque bouchée de pintadon. Elle évoluait dans un short rose sur lequel elle avait noué à la japonaise (méthode qu'elle avait rapportée d'Extrême-Orient) une chemise de lin noir. Elle avait, à son habitude, attaché ses cheveux d'un ruban de couleur qu'elle appelait son « coconnier ». Elle m'a demandé comment s'était passée ma « vie de jeune homme » pendant ces trois jours à Paris et je lui ai répondu que tout s'était passé pas mal du tout, nous étions allés au musée Rodin, puis à une soirée dansante.

— Eh bien, ce soir, tu vas danser, mon chéri, tu vas danser au temps passé.

— Au temps passé ?

— Ton grand-père t'expliquera.

Après le déjeuner, nous avons pris le café dans la fraîcheur ombreuse du salon aux dalles claires, derrière les volets clos, installés dans les grands fauteuils de cuir lacérés par Grigri la grise et Mioumiou le noir, les chats de la maison. Je retrouvais sans mal mes habitudes. À la disparition de mon père, Minette m'avait appelé au téléphone : « Ton ami François t'attend quand tu veux », et je suis devenu l'invité permanent du repaire de La Tortue. J'avais dix ans, et, depuis, l'Amiral est devenu le plus ancien de mes amis. Il n'a pas été un aïeul chouchoutant. Il ne m'appelle jamais par mon prénom, il me dit tu, et je lui réponds tu. Nous ne nous embrassons pas, nous nous serrons la main.

Bravant la réprobation de Minette, il m'avait volé une cigarette, puis une autre. « Tu as toujours un paquet de blondes sur toi ? » m'avait demandé Minette sans attendre ma réponse. Ce qu'elle ignorait, c'est que l'Amiral gardait toujours sur lui un paquet de Gauloises à son insu et que, en fumant mes blondes, il économisait sur le stock. Elle s'était levée pour mettre en route le ventilateur plafonnier qui brassa l'odeur de la pièce, cette odeur de caramel et d'encaustique que je respirais de mémoire quand je pensais à La Tortue, par temps de spleen, à Paris. L'Amiral, d'une voix de fausset, avait dit :

— Minette, ma main me démange !

Minette, plissant les yeux derrière sa Craven, alla se placer devant le fauteuil de l'Amiral en lui tournant le dos, puis elle remonta un pan du short rose sur une fesse que l'Amiral lui tapota :

— Tiens, tiens, voilà !

La première fois que j'avais assisté à cette cérémonie, j'avais dix ans et ne l'avais pas trouvée de mon âge. Elle ne l'était toujours pas, mais, désormais, j'attendais toujours le moment où la main de l'Amiral allait le démanger et où Minette allait recevoir sa petite punition.

Il m'a ensuite conduit à ma chambre, qui n'était pas une des Tortue, mais la chambre d'amis, contiguë à celle de mes grands-parents. La chambre d'ami abritait deux lits, deux tables de nuit et trois grandes lampes à pied à abat-jour en vessie de porc. Les murs étaient couverts de rayonnages croulant sous les Série Noire et Masque et les livres d'histoire et d'espionnage, qui allaient de Lenôtre et Benoist-Méchin à John Le Carré. Un parfum de résine se mêlait à la lavande de l'armoire et des draps dans lesquels on dormait. Il y avait tous les Simenon, et j'y avais lu mon premier : *La Neige était sale.* L'Amiral a posé mon sac sur mon lit :

— Vas-tu faire une sieste ?

— Non.

— Dans ce cas, nous partons en mission.

Je l'ai suivi, en pensant à la première phrase de *La Neige était sale,* que je lirais ce soir avant de m'endormir : « Sans un événement fortuit, le geste de Frank Friedmaier, cette nuit-là, n'aurait eu qu'une importance relative. » Et, peut-être une ou deux fois, j'entendrais s'élever dans la nuit, sur la petite route de Monteil à Varley-Saint-Jean, le ronronnement grandissant d'une voiture, à son apogée quand elle longerait en contrebas le mur du jardin, ses phares balayant les volets de ma chambre et zébrant le plafond, tandis que le bruit du moteur s'éloignerait aussitôt pour s'éteindre enfin, quelque part entre Varley-Saint-Jean et la côte de La Valouse, et me laisser à nouveau seul à seul dans la nuit avec Frank Friedmaier.

Depuis que l'Amiral m'avait ouvert par tout temps l'accès à La Tortue, il avait décidé, pour que les choses soient simples, que je serais un invité payé, payé à la mission. Une corvée de charbon, deux euros, tirer une bonbonne de vin à la cave, six euros dont prime d'ivresse subie, dite également prime d'ivresse subite, déterrer les asperges au mois d'avril avec les engelures, deux euros, planter ou déterrer les pommes de terre,

deux euros, les carottes, deux euros, les courgettes, deux euros, creuser les rigoles et désherber
les talus, six euros. Le tirage d'une bouteille de
vin est à un demi-euro et le lavage complet de la
Renault Espace à trois euros. Une autre partie de
mes missions consiste à parcourir le pays en
Solex, avec un sac à dos muni de pain, de *corned-
beef*, de moutarde, de tomates et d'une bouteille
du canon pétillant à six degrés sortant de la cave
de l'Amiral : chaque kilomètre parcouru m'est
payé deux euros et je n'ai pas été augmenté
depuis sept ans. Par fétichisme, sans doute, j'ai
économisé tout l'argent de l'Amiral : je n'ai
jamais compté ce qu'il y avait dans la boîte en fer
en corvées de charbon, de pommes de terre et en
kilomètres. Une fortune amassée en sept ans.

Je n'allais pas être payé, cette fois-là, puisque
c'était une mission à deux et que les missions à
deux sont gratuites. Le garage des deux-roues,
bicyclettes, Mobylette, Solex, était situé sous
La Tortue qui plonge et La Tortue qui vole. Il y
avait deux Solex : le vieux Solex de l'Amiral et un
neuf.

— Pourquoi as-tu gardé le vieux ?
— Qui en aurait voulu ?
Il me l'a tendu en disant :
— À vieux cheval, jeune cavalier.
— À vieux cavalier, jeune cheval.
Nous avons démarré vers l'est, en direction des
collines, et, tandis que nous entamions la lente

traversée du paysage, je lui ai demandé quelle était notre mission :

— Visite de courtoisie au cousin Jules.

Une bourrasque de vent chaud est venue nous surprendre, nous enveloppant si vigoureusement que nous avons guidonné en désordre d'un bord à l'autre de la petite cantonale. L'Amiral, dont le premier réflexe avait été d'ajuster son béret à hauteur des sourcils, m'a empoigné par l'épaule en disant : « Restons groupés » et nous avons poursuivi notre route sans nous lâcher, en prenant le vent et en sinuant comme un tandem de patineurs.

Le cousin Jules, dont on parvenait à la maison, baptisée Le Poulet, possédait des vignes et un élevage de poulets plus renommé que son vin. À l'extrémité d'un long chemin de terre entre les vignes, parfumées par une récente averse, il nous attendait tranquillement devant sa porte. Le béret poudreux et cabossé posé sur une couronne de mèches argentées qui n'avaient pas reçu la visite du peigne depuis longtemps, les yeux rieurs à demi cachés sous des touffes de sourcils, un long nez courbe qui plongeait vers un menton pointu, il m'accueillit par la rituelle poignée de main et le non moins rituel : « Alors, as-tu fait bon voyage ? Quoi de neuf à la ville ? »

Cousin Jules avait un visage comme on n'en voit plus. De ces visages qui sortaient jadis d'une masure au toit de chaume pour mentir aux poursuivants sur la route qu'avaient prise les félons dans la forêt de Sherwood. J'attribue la longévité du grand-père François et du cousin Jules à l'action conjuguée de la médecine moderne dans les campagnes et à la pratique régulière du canon, le vin pétillant à six degrés que Jules produit, enfin c'est son fils André, à peine âgé de quarante ans, qui vient s'occuper des trois hectares de cette vigne d'où provient le canon que l'on boit à La Tortue. Si le canon était inexportable au-delà d'une portée de Solex, il avait, dans cette limite, une clientèle fidèle qui permettait d'écouler une production somme toute honorable pour un pétillant à six degrés. Ce fut le moment de le goûter : nous sommes descendus à la cave, où nous étions à l'abri du vent. Chez le cousin Jules, comme chez l'Amiral, on trouve un peu partout, dans leurs zones d'activité, des planchettes de bois encastrées dans un mur, ou posées devant une paillasse, dans la cave à charbon, dans la resserre, et même dans le garage et divers endroits du potager. Chacune d'elles soutient un verre à moutarde et une bouteille de canon, représentant bien une vingtaine de stations de désaltération, disposés le long d'un itinéraire pensé.

La cave était sobrement disposée : ni sono, ni frigo, ni déco. Nous étions assis sur des tabourets, les jambes en avant, les talons piqués dans la terre battue, le verre à la main, une ampoule au plafond dispensait un éclairage économe.

— On va bien en boire une, a dit le cousin Jules, en empoignant une bouteille qui se trouvait à ses pieds.

Dans sa main épaisse, la bouteille était frêle comme un oiseau et c'est d'un geste facile et bref qu'il a rempli nos verres de cantine. Ils ont sorti chacun d'un coin de leur laine un paquet fripé de Gauloises, tellement sèches qu'elles brûlaient à moitié quand ils les allumaient : ils ne fumaient qu'aux grandes occasions que constituaient les visites « du dehors ». Aussi n'avons-nous pas goûté une, mais trois bouteilles. Ma tenue en selle avait fait lever les sourcils de l'Amiral et du cousin :

— Mais dis-moi, constata ce dernier, tu tiens bien mieux la bouteille qu'aux dernières vacances de Pâques.

Les progrès étaient tout récents : il avait suffi de trois jours de petits, de moyens et de grands coups de théâtre arrosés au 7, rue Barthélemy-Casier.

— Ne deviens tout de même pas alcoolique, me dit mon grand-père.

— Rassure-toi, grand-père, j'ai mes modèles : les ivrognes entre amis plutôt que le buveur solitaire.

Ils ont ri à nouveau. Le fait est que, dans la bonne humeur générale, l'Amiral a aperçu trois grandes bombonnes de verre vert bouteille encagées d'osier, pleines à ras bord de sept degrés fraîchement sorti du tonneau et attendant d'être

166

tirées. Ce n'étaient pas des bombonnes du commerce, c'étaient des bombonnes du cousin Jules, de sa réserve, et les tirer ensemble était un acte de solidarité, comme si votre voisin, à Paris, venait vous tenir compagnie tandis que vous dégivrez le frigo.

— On va les tirer, tes bombonnes, Jules, a répondu l'Amiral.

— C'est d'accord, a dit le vigneron. Une bombonne par tête.

Tirer le vin n'est pas difficile. On place la bombonne sur un tabouret, on rentre dans le col l'embout d'un tuyau de caoutchouc dont l'autre extrémité est faite d'un siphon de cuivre. On pose à ses pieds une grosse trentaine de bouteilles vides qu'on est allé chercher sur un des nombreux hérissons où elles attendent, le cul en l'air. Pour les remplir l'une après l'autre, on introduit dans sa bouche le siphon au fort goût de cuivre et de vin et on aspire, jusqu'à ce qu'une sorte de geyser, une fusée de vin pétillant, vous arrive dans la gorge et vous fasse presque dégobiller. Ça y est, c'est amorcé, et vous commencez à tirer le vin de bouteille en bouteille et personne ne se parle, mais, parfois, le circuit du vin dans le tuyau s'interrompt : il faut à nouveau amorcer, avec toujours ce geyser pétillant et, de temps en temps, on en a assez, les tireurs s'interrompent pour se servir un vrai verre et trinquer. Pour tirer le vin d'une bombonne, il faut trente bouteilles.

Après avoir pris congé du cousin Jules, l'Amiral et moi sommes repartis à pied en poussant nos Solex le long du chemin de terre entre les pieds de vigne. Nous respirions comme un troupeau de cétacés, l'air était frais et parfumé. Je sentais bien que l'Amiral avait un coup dans l'aile, mais j'étais plus désorganisé que lui. Quand nous sommes parvenus au bitume de la route cantonale, le vent s'est levé à nouveau, le ciel clair a fui devant le ciel soucieux. Nous avons enfourché nos montures, l'Amiral s'est tenu à mon épaule et nous avons cinglé vers l'ouest, le vent dans le dos. Et puis ce vent qui nous venait du dos s'est chargé de tempête, d'obscurité violette et de grognements célestes, des patrouilles d'éclairs ont commencé à illuminer nos roues arrière et l'Amiral a crié :

— On prend à gauche direction l'abri de la Vierge !

Nous n'étions plus loin de La Tortue, mais l'Amiral, au cas où j'aurais souhaité un tête-à-tête, comme c'était l'habitude à chacune de mes arrivées, nous a fait obliquer vers le chemin de terre qui conduisait à la statue de la Vierge. Une Vierge de trois mètres de haut, toute blanche, toute vierge. Nous avons posé nos Solex contre le socle de la statue et nous nous sommes assis sous l'abri de ciment qui se trouvait à quelques mètres en retrait du monument. C'était un lieu loin de tout et, si un orage avait rappliqué alors que vous regardiez le paysage, vous auriez été

168

bien ennuyé sans cet abri de ciment assez moche où nous étions assis côte à côte, l'Amiral et moi, dans notre odeur de chien mouillé, admirant les trombes d'eau qui masquaient, dévoilaient tour à tour de grands pans du pays et venaient éclabousser nos pieds. Nous nous trouvions sur une colline plantée de bosquets de petits résineux poisseux envahis de toiles d'araignée, où se succèdent des clairières de joncs et de buissons mordants. Cette colline, héritage familial de l'Amiral, a pour nom Jean-Jeannette : mon grand-père en a offert l'hospitalité à la Vierge, une dizaine d'années après la Deuxième Guerre mondiale, quand la municipalité, vraisemblablement de tendance MRP locale, a demandé l'autorisation d'ériger la statue sur la seule sommité de la commune. Dans les semaines qui ont suivi le débarquement de Provence, des colonnes de *panzers*, qui cherchaient une route vers le nord-est, vers Grenoble, s'étaient fourvoyées entre Varley-Saint-Jean et le col de La Valouse, sur une route qui n'avait aucun débouché tactique. Pris dans la nasse et serrés par les brigades alliées, les tanks allemands s'étaient mis à canonner dans tous les azimuts avec une sorte de panique rageuse. La plupart des patelins avaient fait les frais de la canonnade, à l'exception de Varley-Saint-Jean. La Vierge de Jean-Jeannette, sentinelle pacifique, était chargée d'en louer le ciel d'un bout à l'autre de l'année. Aujourd'hui, elle veillait par temps d'orage. L'Amiral et moi, sous l'abri, nous tenions en silence, comme Waverley, ayant pris soin de ses mules et de sa jument grise, dans la grange qui l'abriterait des bandes nocturnes et cruelles du duc d'Argyll.

L'Amiral a allumé une de ses Gauloises torches, j'ai allumé une blonde, il m'a demandé, entre deux rafales de tonnerre :

— Et alors, ces trois jours à Paris ?

Je lui ai raconté le TGV, la terrasse du Coquelicot, Claire, Furtif le Loquace, le musée Rodin, Tong Tong et les révisions interrompues d'Adham, le Kiss Club et Chris Cuvier, le coffrefort derrière le tableau d'Amédée et la conversation au téléphone avec ma mère, la visite des policiers et la désertion de Claire et de Carole, Agnès seule et belle avec Petite Joie, Adham, Furtif et moi, célibataires et cocus, à en croire Vic Morton et Bernie Maccomber au restaurant Le Dorsoduro. Ces péripéties s'échappaient de l'abri et tourbillonnaient sous l'orage dans le parfum de terre mouillée, étrangement elles me semblaient flotter déjà dans les lointains de l'oubli, à la lisière du royaume des absents où tournicotaient mon père et son double. Je ne suis pas entré dans les détails trop personnels, mais j'admets n'avoir pu résister à rapporter à l'Amiral l'épisode voyeuriste dans le cagibi attenant aux toilettes dames du Kiss Club, et racontant tout ça, je m'en suis aperçu trop tard, à quelques pas de la Vierge.

Mon grand-père écoutait. Et comme il ne regarde la télévision que pour les *Intervilles*, mes aventures le changeaient de l'ordinaire de La Tortue où, plusieurs fois par an, Minette, en short, empoigne un ukulélé et chante « aouéré apou té papeé ». L'Amiral n'était pas pressé de parler, je n'étais pas pressé de répondre, c'est notre habitude. Il est massif et calme, peu bougeur, ce qui fait qu'on ne sait jamais quand il va laisser échapper un mot.

— J'ai acheté le tableau de Pianfetti quand j'étais midship — je ne te donne pas de date, c'est trop vieux. Amédée tenait déjà le restaurant Chez Charlie, avec la mère Anna. Je n'avais pas une grosse solde, mais Amédée ne vendait ses peintures qu'à des amis et il croyait nous les vendre cher. On le grondait sur les prix, mais il se refusait à les augmenter. Ta mère adorait le « Matisse ». Je le lui ai offert quand elle est devenue ma bru. Alors, comme ça, il y avait un joli petit coffre-fort vide derrière le cadre ? Et Rol n'en savait rien ?

— Non, on pense qu'il avait fait installer le coffre un mois d'août, quand il n'y avait personne à la maison.

— Si ton père n'est pas mort et s'il a laissé, derrière le tableau de Pianfetti, trois cent soixante-dix mille dollars depuis sept ans, il devait avoir très envie de les récupérer, à moins qu'il soit devenu moine ou milliardaire.

171

Mon grand-père aurait pu dire : « Mon pauvre chéri, si ton papa est toujours parmi nous, quelque part, c'est évidemment pour laisser de l'argent à ta maman afin qu'elle puisse vous élever, toi et ta sœur. Il est parti, mais en pensant à vous. » Mais, par chance, l'Amiral n'est pas comme ça. Je fus très étonné de la question que j'avais envie de lui poser et que je lui ai posée :

— As-tu bien connu mon père, je veux dire : ton fils ?

— Je l'ai un peu connu. Comme tu sais, un père commençait à s'intéresser à son fils quand il avait quinze ans. Nous avons été assez indépendants l'un de l'autre, rapport très célibataire, pour dire ce qu'il y avait entre nous : on se croisait, on sympathisait en se croisant. Nous étions proches, mais nous n'étions pas intimes. Nous nous ressemblons. Et puis il a fait ses études de droit, de droit des douanes, de droit maritime, de droit international, de codes commerciaux, enfin un énorme boulot auquel je ne comprenais pas grand-chose et qui en a fait un courtier maritime itinérant, un type qui gagne irrégulièrement pas mal d'argent et qui n'est jamais là. Et toi, tu l'as connu, ton père, mon fils ?

— C'était un type brun, pas mal, de taille moyenne, que je voyais parfois souvent, parfois pas tout le temps. Il m'a beaucoup poussé sur l'orthographe, la grammaire, les maths et la lecture. Il avait interdit la télévision à la maison. Ton fils, mon père, et moi, nous nous croisions en sympathisant. Puis on ne l'a plus vu.

— Je crois que ce n'est pas ta mère, ta sœur ou toi, qu'il a quittés. Quant à savoir pour quel genre de crémerie il a voulu changer, mystère. Ton père ne se confiait pas, d'ailleurs il n'a pas laissé de mot d'explication. En tout cas, les trois cent soixante-dix mille dollars étaient sûrement dans le coffre, et c'est Tong Tong qui devrait mener jusqu'à ton père, si du moins on voulait remonter jusqu'à lui et si on retrouvait la piste de Tong Tong.

Quand mes cousins, mes cousines et moi avions entre huit et douze ans, nous accompagnions à la tombée du jour l'Amiral à la statue de la Vierge, c'était l'été et une des Voies lactées les plus abondantes, les plus poudreuses, les plus riches était perchée au-dessus de nous pour de longues heures. L'Amiral sortait ses Gauloises et les distribuait, des plus grands aux plus petits. Il nous apprenait le nom des étoiles, mais ce sont ses chansons qui avaient le plus compté dans son succès auprès de la jeunesse.

L'orage s'était éloigné, nous avons empoigné nos Solex pour redescendre vers La Tortue, sous un ciel qui s'éclaircissait, dans l'air qui fraîchissait. Les Solex ronronnaient, le vent était tombé, je claquais des dents, l'Amiral était impavide. Chemin faisant, j'ai chanté « La femme qui pète au lit », un des succès de l'Amiral, lors de ces

séances de répertoire à la statue de la Vierge auxquelles cousins et cousines participaient assi-
dûment :

« Une femme qui pète au lit, qui pète au lit
Éprouve quatre jouissan-an-an-ances :
Elle soula-age sa pan-an-an-anse
Elle bassi-ine son lit, sine son lit
Elle entend son cul qui chante, dans le silence
de la nuit
Un, deux, trois, elle empoisonne son mari ! »

C'est une chanson que je chante généralement
sans témoins, car en dehors de l'Amiral qui me
l'a apprise, elle ne rencontre guère de succès,
chez ma mère, d'abord, qui m'avait demandé
d'où je tenais cette idiotie, mais pas davantage
auprès de mon public parisien, Furtif et Adham
exceptés. J'étais écouté dans un silence peu
encourageant, et, une fois terminé mon tour de
chant, j'étais salué par un silence consterné : les
arias du conservatoire de Jean-Jeannette, venues
d'on ne sait où, n'avaient guère accès au patri-
moine national des chansons de fin de banquet.
Je me rappelle cependant avoir chanté « La
femme qui pète au lit » à mon père, il y a forcé-
ment longtemps, et il l'avait reprise et entonnée
avec moi, et nous tenions ce couplet de la même
source. Tout à l'heure, assis dans l'abri de Jean-
Jeannette, j'avais demandé à mon grand-père ce

qu'il avait éprouvé à la disparition de mon père, question que je n'avais jamais songé à lui poser jusque-là et que l'histoire du coffre-fort, qui rouvrait le dossier dans son entier, m'avait naturellement soufflée :

— Ton père avait cinquante-quatre ans quand il s'est fait la malle. En fait, je me suis dit que c'était bien tard, ou bien tôt pour virer de bord et j'ai pensé qu'il fallait être pas mal salaud pour ne pas laisser un mot derrière soi. Mais c'est une pensée qui n'a pas tenu : ton père n'est pas un salaud. Je n'ai rien voulu comprendre à toute cette histoire, j'ai eu de la peine pour toi, ta mère et ta sœur. Minette, en revanche, a été très touchée. Tu la connais, la beauté, le charme, la princesse du logis, recherchée par les hommes, elle préférait bien sûr ton père, un garçon, à ta tante Éliane, une fille. Et voilà que ce grand fils de cinquante-quatre ans disparaît sans même lui dire, à elle, s'il est mort ou s'il est ailleurs. Tu connais son goût des sorties, des pique-niques avec les valises d'osier, des bals costumés et des réceptions. Je crois que si elle m'a suivi à Varley-Saint-Jean quand j'ai pris ma retraite, au lieu de s'installer à Paris, de faire des bridges et d'aller aux cocktails, c'est qu'elle avait peur que j'aie des maîtresses dans le coin. Elle s'est pourtant laissé apprivoiser par la campagne, enfin, par la maison, le jardin et la cuisine. En plus les maîtresses, dans les environs et à mon âge... J'avais une Castafiore à la maison, mais, en quelque sorte, inactivée. La Tortue l'avait apprivoisée, mais le choc provoqué il y a sept ans par ton père l'a réactivée et je me suis trouvé dans l'obligation de lui aménager une vie mondaine cantonale : à trente kilomètres d'ici, il y a un bridge chez Brigitte et René Chaminard, qui habitent un ancien relais de poste sur la route d'Alleyrac. Elle est inscrite au club de l'Huile d'Olive, elle assure bénévolement la promotion des poteries de Perelefit, elle donne des cours de danse et de musique tahitienne sur son Teppaz, car les appareils modernes refusent les quarante-cinq tours. Le Teppaz était intact, dans le grenier, emballé dans des numéros du *Dauphiné libéré* datant de Mitterrand. Elle est également très active dans le comité des fêtes de Varley-Saint-Jean. D'ailleurs, ce soir, dans la salle des fêtes, nous serons ses escortes pour un dîner costumé « au temps des Valois », suivi d'un bal où un orchestre d'époque jouera des danses anciennes.

Nous venions de ranger le Solex dans le garage des deux-roues qui sentait le caoutchouc et le mélange à deux temps. Je pensais, connaissant mon grand-père, qui portait l'uniforme seulement si nécessaire alors qu'il était marin, qu'il se rendrait « en civil » à la salle des fêtes de Varley-Saint-Jean.

— Tu penses bien que non : je serai en sénéchal, coiffé d'un béret de velours jaune paille et vêtu d'une robe rouge en soie me tombant jusqu'aux pieds.

J'ai éclaté de rire.

— Toi, en sénéchal !

— Tu te fiches de moi ? me demanda-t-il.

— Ah, oui !

— Mais avec respect ?

— Oui.

— Alors, allons-y, a-t-il dit en poussant la porte du jardin.

8

Le branle de Bourgogne

Nous avons marché jusqu'à la cuisine au seuil de laquelle Minette nous attendait, violemment éclairée par la lampe de la marquise, nous faisant observer que nous étions en retard et mouillés. Mais elle en resta là de ses reproches, guettant dans nos regards et dans nos exclamations l'effet qu'elle produisait. Minette était en Geneviève de Brabant, aussi belle, j'imagine, que dans la scène célèbre où Golo se jette à ses genoux et se déclare. Minette de Brabant détailla pour nous sa robe à manches étroites de soie bleue à traîne, le tassel, corsage rouge posé sur sa gorge, et le couvre-chef de soie blanche, retenu un peu à l'égyptienne et drapé derrière, « je l'ai préféré au hennin, qui est tout de même un peu folklo », dit-elle, un « folklo » que j'entendais pour la première fois dans sa bouche et qu'elle avait dû emprunter au cours d'une des séances d'essayage au comité des fêtes. Dans la cuisine, deux bouillons de poule nous attendaient.

— Monte t'habiller, François, dit-elle à l'Amiral, puis, à moi : Mon chéri, j'ai installé ton costume dans ta chambre, sur le lit.

Les soirées costumées avaient occupé une place importante dans la vie de Minette, depuis sa plus lointaine enfance. Mais, à la différence de la malheureuse Geneviève de Brabant, privée de Golo et ramenée par Siffroy à la maison pour y mourir de langueur, sa vie amoureuse n'avait pas été celle d'une maudite. Elle avait eu beaucoup d'amants, mais plutôt à la manière de lady Edwina Mountbatten, c'est-à-dire sans complication. Fille d'un des pontes des Chargeurs Réunis (mon arrière-grand-père) dont je ne connaissais qu'une photo, et qui avait commencé riche pour finir ruiné à la suite de choix naïfs, elle avait été propulsée dans la ronde à la période faste où sa beauté avait fait le reste. Elle s'était mésalliée par amour pour mon grand-père, qui n'avait que sa solde de marin et la maison de La Tortue, parce qu'il était bel homme, gai, et ne se mettait pas en colère. La différence d'âge faisait jaser dès qu'on voyait tournicoter autour d'elle des Golo de passage. Elle avait connu ses plus grands succès lorsque l'Amiral avait été nommé attaché naval, en 1966, à Washington, où Minette avait laissé derrière elle des escouades de jeunes Américains riches, roses et abandonnés. L'Amiral, de qui je tenais toutes ces informations, m'expliquait qu'il aurait préféré que Minette mène sa vie de

chasseuse comme elle l'entendait, mais de pré-
férence à l'écart des « bouches de fer », mais
Minette avait sa réponse toute prête : « Écoute,
François, je suis plus jeune et plus jolie que toi, tu
dois l'accepter. »

En revanche, si François son chéri, patient par
nature mais fidèle sans plus, entamait une frater-
nisation avec une jeune Américaine, Minette
devenait folle de jalousie, le harcelait et entrait en
guérilla. C'est, je crois, à cette époque qu'on a
commencé à l'appeler la Trotteuse. En entendant
ce mot, j'avais pensé à la trotteuse de la montre,
dont la régularité ne coïncidait pas vraiment avec
les moments de Minette, qui indiquaient plusieurs heures à la fois. En réalité, à part trotter
d'un soupirant l'autre, ma grand-mère n'a pas
beaucoup trotté sur ses pattes de derrière. J'entends encore mon père raconter qu'il avait fait un
calcul : « Si l'on compte tous les pas qu'elle a
accomplis dans les cocktails, sur les parquets des
salles de bal, au son d'un orchestre, sur les per-
rons en attendant impatiemment sa voiture ou
sur les plages de Tahiti, elle n'a pas dû faire dans
toute sa vie plus de vingt kilomètres à pied. »
Mais, à la différence des femmes qui *deviennent*,
par suite d'un mariage (ou d'un divorce), des
enfants gâtés et qui le font avec un féroce appétit
de revanche, Minette, elle, n'avait à se venger de
rien ni de personne, et demeurait sans effort
insensible aux médisances et à la jalousie. Aussi

s'était-elle aisément acclimatée à cette campagne dont elle était la reine locale et où, se réjouissait-elle, « ici, je n'ai pas à craindre que François fasse des idioties ». Mon grand-père François, comme je l'ai dit, est âgé de quatre-vingt-deux ans, mais, même s'il en avait cent dix, Minette maintiendrait toujours un service de veille : c'est sa fidélité à elle.

Il faut dire que dans la Renault Espace qui roulait vers la soirée chez les Valois, nous étions conduits par une Geneviève de Brabant resplendissante. L'Amiral assis à ses côtés avait refusé de prendre le volant en tenue de sénéchal. De temps à autre, il tournait son énorme couvre-chef vers moi et, à ma vue, rigolait en silence.

— Tu te fiches de moi ? lui avais-je demandé.

— Oui, mais avec respect, m'avait-il répondu.

— De quoi parlez-vous ? avait voulu savoir Minette, qui n'aimait pas conduire, collée au volant, à écouter la conversation.

Il était question de la tenue de troubadour, que j'avais trouvée soigneusement dépliée sur le lit de ma chambre et qui était à l'origine destinée à Guisou, le fils du garagiste, qui, hélas à tout point de vue, s'était cassé la jambe à Mobylette. J'avais cru pouvoir échapper à la tenue d'époque, étant arrivé le matin même et n'étant pas annoncé au programme, c'était raté. J'avais d'abord enfilé des hauts-de-chausses vert pomme, en fait des collants de femme, avec ces terrifiantes coutures

182

d'entrejambe qui ressemblent à des pattes d'araignée, puis chaussé des poulaines de daim noir qui
gondolaient sur mes chevilles et dont la chaussure était une longue trompe noire dont le bout
pointu indiquait, de loin et mollement, le sens de
la marche. J'avais passé une barboteuse courte,
bleu ciel, cousue d'aiguillettes mauves, qui, en
plus d'être une barboteuse, mettait en majesté la
zone de l'organe. La chemise blanche à manches
gigot à crevés rouges était pas mal. Il fallait
cependant la couvrir d'une veste faite d'un daim
rigide qui entravait les mouvements. Enfin, un
étroit chapeau à la Robin des Bois, avec une
plume de faisan, venait achever la reconstitution.
L'Amiral était arrivé à la fin de l'habillage. En me
voyant, il est resté impassible. Je lui ai demandé si
je pouvais aller à sa salle de bains voir de quoi
j'avais l'air :

— Inutile, tu es parfait, allez, on part !

— Deux secondes, s'il te plaît, grand-père !

J'étais déjà devant la glace de la salle de bains
où je ressemblais à un troubadour déguisé en poi-
reau enveloppé de kraft. Le miroir me renvoyait
également l'image du sénéchal, silencieusement
plié en deux, et cette vision me plia à mon tour en
deux.

Geneviève de Brabant nous attendait dans la
voiture, moteur en route, codes allumés, devant
le garage :

— Tu es mon Charles d'Orléans, avait-elle

dit à l'Amiral, et à moi : Tu es mon Bertran de Born.

Avec ses mille ans de durée au bas mot, le Moyen Âge est heureusement assez élastique pour qu'on puisse en retirer cinquante ans par-ci et en ajouter cent par-là sans que personne ne s'en émeuve, à part les spécialistes. Or il y en avait, à la soirée des Valois, et d'excellents, qui n'auraient pas contredit cette idée d'élasticité. La salle des fêtes de Varley-Saint-Jean abritait une trentaine de sénéchaux, généralement de poil gris, une dizaine de jeunes seigneurs, dont certains, au tour de taille précoce, frisaient gaiement la limite d'âge, environ trente dames dont les plus jeunes lorgnaient avec mélancolie en direction d'une vingtaine de damoiselles. Sur la photo des dix troubadours, je suis celui qui porte des lunettes. Il y avait bien une vingtaine d'enfants vêtus comme de petits croquants prélevés dans une page des *Très Riches Heures du duc de Berry* ou une fête villageoise de Pieter Bruegel. Sur l'estrade, un cabriste, deux flûtistes, un percussionniste et deux vielleux jouaient des branles et des pavanes et tout le monde se faisait des petits saluts et se parlait avec des gestes très « Valois », au sens large.

Ma grand-mère me présenta à beaucoup de gens, dont M. Lambert Ricotet, maître de ballet de la soirée, ancien danseur à l'opéra de Marseille, un ravissant jouvenceau de soixante ans vêtu en jeune seigneur, accompagné de madame, une beauté blonde d'environ trente-cinq ans, un peu boudeuse, qui devait sans aucun doute son homologation dans la catégorie damoiselles au piston conjugal. M. Gilbert Delmarre, un grand et fort sénéchal à l'embonpoint majestueux me broya chaleureusement les os de la main. Je n'avais pas tout de suite reconnu dans cette massive apparition du XIVe siècle le pharmacien de La Gullude, heureux organisateur de la manifestation, qui avait attiré une centaine de personnages historiques, accourus d'une trentaine de kilomètres à la ronde. D'une voix, qui coucha les plumes des chapeaux et gonfla les hennins, il convia l'assemblée à prendre place sur les bancs qui couraient le long des immenses tréteaux disposés en U devant l'estrade. M. Duccio Tongiani, propriétaire et cuisinier du restaurant La Botte Gourmande, restaurant italien réputé situé à Girondan, au sommet de la côte d'Alleyrac, avait, à l'aide de conseillers historiens et de marmitons et marmitonnes bénévoles, présidé à la préparation du menu Valois. Portant à deux bras une immense cruche verte provenant des poteries de Perelefit, il versait à chaque convive (sauf aux enfants) un long trait d'« hypocras », un cordial réalisé à partir d'une recette authentique. Une dame mit la main sur son verre à hypocras en disant : « Ah, non merci, celui-là, je le connais : après, on ne sait plus ce qu'on fait ! » J'ai aussitôt

goûté le breuvage, une sorte de vin tiède, aroma-
tisé, sucré et qui ne contenait pas que du vin, car
dès la première gorgée avalée, on s'éloignait du
bord. Comme M. Tongiani, ayant fait le tour des
tréteaux, servait les convives d'en face, j'ai tendu
à nouveau mon verre d'hypocras. Le niveau des
voix s'était déjà légèrement élevé, et, après avoir
rebondi sur le sol cimenté, venait mourir dans les
voilages et les tentures qui entouraient l'estrade.
On avait regroupé les troubadours et les damoiselles non loin des cuisines, car leur groupe avait
été désigné pour servir à table. En cherchant une
place où m'asseoir, j'avais eu le bonheur de tomber nez à nez avec une damoiselle en robe vert
amande qui n'était autre que Barberine, ma cou-
sine à la mode de Bretagne, qui a grandi deux
maisons plus loin que La Tortue, élevée par une
sœur de l'Amiral. Barberine a trois ans de plus
que moi et elle les a toujours eus : je veux dire
que cette blonde aux yeux noirs, au grand front
bombé, à la bouche ronde, aimant comme moi
les disciplines scientifiques fut, pendant longtemps, un amour impossible. Jusqu'à quinze ans,
elle avait vécu solitaire dans cette campagne solitaire, puis elle était partie étudier au lycée à Grenoble, où, maintenant, me dit-elle, tandis que
nous prenions des plats à la cuisine, elle suivait
les cours d'un institut de recherche avancée.
C'est ainsi qu'en nous croisant sur le chemin des
cuisines, en nous souriant de part et d'autre des

tréteaux et en déposant les plats au milieu des dîneurs, nous avons servi la caillebotte aux herbes, œufs et champignons, le brouet et le sarrasinois à la porée blanche (purée de poireaux) et le dessert, une dariole aux rissoles, tout en revenant nous asseoir entre deux plats et nous parler comme si, toute notre vie jusque-là, nous avions été interdits de parole. Ces trois années où je ne l'avais pas vue avaient, en quelque sorte, fait fondre les intimidations de notre différence d'âge. Avant cette séparation, nous étions très amis : j'étais son petit compagnon de marche, elle m'emmenait promener durant des heures, et mon cœur battait, quand elle prenait son vélo et moi le Solex, au moment où elle posait la main sur mon épaule et se laissait traîner. Au retour, je m'arrêtais une soixantaine de mètres avant elle devant le garage des Tortues, elle continuait à pédaler sur le chemin d'herbe en disant « bon, au revoir », je la regardais jusqu'à ce qu'elle tourne derrière le mur de sa maison et, parfois, au moment de disparaître, elle me faisait un signe de la main. Un jour de pluie, après avoir visité le grenier de Minette et de l'Amiral, rempli des trésors rapportés de leurs voyages, lampadaires cobra, coffres de teck plaqués de camphre rose, hydravions en métal et en bois, harpons des Fidji, nattes aux motifs passés, nous nous étions retrouvés dans le grenier à tabac, au milieu des feuilles, pendues par la queue, qui séchaient dans un parfum de miel et de terre tiède. Nous étions tombés sur un grand chat vagabond que notre irruption avait effrayé et qui déployait son échine hérissée en demi-lune, relevant les babines, crachant entre ses dents et feulant en nous regardant. Barberine, si calme d'habitude, s'était accrochée à moi, me plantant les ongles dans les bras, nous étions si serrés que je pouvais à peine bouger quand le chat nous a attaqués. J'ai protégé Barberine et le chat m'a mordu et griffé à la cuisse, je lui ai lancé un coup de pied, il m'a mordu au mollet, j'ai frappé du pied sur le plancher du grenier, le chat s'est arrêté, j'ai marché sur lui, il s'est enfui et a disparu par un volet ouvert. Quand je suis revenu vers Barberine, elle s'est à nouveau collée à moi en tremblant, puis elle a regardé ma cuisse et s'est mise à la caresser en murmurant « mon pauvre, oh, mon pauvre ! » Depuis l'instant où elle s'était réfugiée contre moi pour la première fois, j'étais, malgré ma peur du chat, colonisé par une érection dominatrice qui ne voulait pas se calmer et me gênait beaucoup parce que je portais des shorts courts. Quand elle m'a dit : « Viens, retournons à la maison, je vais te soigner », j'ai marché lentement derrière elle, les pieds en dedans. Je pense qu'elle ne s'était aperçue de rien. Telles étaient les images qui me revenaient dès que Barberine s'en mêlait.

Vers la fin du souper, les musiciens remontèrent sur l'estrade et essayèrent leurs instruments, tandis que le pharmacien Delmarre, d'une voix capable de fendre une brique en deux, s'écriait : « Gentes dames, damoiselles, gentils seigneurs, sénéchaux et troubadours, que le bal commence ! »

Je sentis une présence à côté de moi. C'était l'Amiral, dont la tenue de sénéchal me fit à nouveau glousser. Tout aussi hilare en me regardant de haut en bas, il m'a dit :

— Je t'ai vu troubader pendant le dîner avec Barberine Calmet, tu étais magnifique d'élégance, de séduction.

— Tu te fiches de moi ?

— Avec respect.

Frappant dans ses mains, le gentilhomme Lambert Ricotet invita la société à se mettre en place pour le bal en se déplaçant avec quelque chose de simple et d'artistique dans la démarche. Dans son justaucorps cramoisi, une main posée sur la hanche qu'il avait légèrement onduleuse, d'une voix haut perchée, il disait : « Un danseur, une danseuse, un danseur, une danseuse, côte à côte, tout le monde formant le cercle. »

Dès lors, une longue chenille de sénéchaux, de dames, de seigneurs, de damoiselles, de troubadours et de petits croquants a formé la boucle dans la salle des fêtes des Valois, au son de l'orchestre auquel M. Tongiani versait régulièrement à boire, et l'on suivait attentivement la voix de M. Ricotet qui, après avoir consulté les musi-

ciens d'un regard, annonçait : « Attention, branle
simple : un pas, pieds joints, un pas, pieds joints,
un pas, joints, maintenant, à gauche, un pas,
joints, un pas, joints. » La silhouette de Chris
Cuvier est venue sans prévenir s'installer en fantôme au milieu du cercle, j'ai pensé un instant à
Furtif, Adham, Claire, mais la vision s'est aussitôt dissipée et j'aurais cherché en vain un bouddha de résine ou une boule à facettes de miroirs
tournant au plafond, je tenais la main droite de
Barberine. « Maintenant, branle de Bourgogne,
huit temps, on commence : à droite, un, deux,
trois, joints, cinq, six, sept, joints, c'est bien,
maintenant, gauche, un, deux... » De l'autre côté
du cercle, je voyais, en face de moi, l'Amiral qui
se mouvait dans la chenille, Geneviève de Brabant, vraie dame du temps jadis, resplendissante
et souriante à son côté. Quand nos regards se
croisaient, l'Amiral et moi souriions béatement.
Je pouffais aussi avec Barberine, en fait je remar-
quais pas mal de fous rires autour de nous, qui
étaient acceptés des danseurs mais auraient été
mal vus de la part des spectateurs assis devant les
tréteaux. Je ne saurais dire combien de temps
dura le bal, mais il a envoyé au tapis pas mal de
sénéchaux, de dames, de demoiselles et même de
jouvenceaux défraîchis, qui allaient se jeter sur
les bancs en buvant à notre santé. Je continuais
à danser, je tenais la main de Barberine et ça
me faisait de l'effet et elle aussi semblait prête

pour de nouvelles séries de branles simples et de branles doubles. À un moment, M. Ricotet a adressé un coup d'œil à l'orchestre. Le maître de ballet a annoncé une série de pavanes aux rescapés des danseurs et des danseuses qui ne voulaient pas lâcher et qui devaient être, d'ailleurs, des infatigables du rock, en temps normal. Il y eut des défections, dont la mienne et celle de Barberine, mais Minette, ma grand-mère, toujours intacte, était du dernier carré. À part elle, il n'y avait qu'une autre danseuse de la génération des dames, l'intéressante Mme Jolivet, qui avait résisté au temps jadis, et, connaissant Minette, je savais qu'elle aurait préféré être la seule à danser dans ce jadis. Un coup d'œil de M. Ricotet en direction de l'orchestre, et aussitôt tout Varley-Saint-Jean pavana. Ce fut une réplique parfaitement fidèle, dans l'esprit et dans la grâce, du bal de mariage du duc de Joyeuse, auquel assistaient Henri III, Catherine de Médicis, le duc de Guise et son frère. Le climat était évidemment plus détendu à Varley-Saint-Jean qu'au Louvre. S'il y avait des équipes de pavane, comme il y a des équipes de basket ou de volley, l'équipe de pavane de Varley serait, d'après moi, facilement classée en sélection régionale. L'Amiral se tenait juste derrière moi, me parlant par-dessus l'épaule. Tandis que les pavanantes et les pavaneurs s'inclinaient pour un ultime salut couronné d'ovations, il m'indiquait du menton Minette

dans l'apogée de sa gloire, je l'écoutais dire :
« Alors, vois-tu, ce soir, nous allons raccompagner
à La Tortue une Geneviève de Brabant de bonne
humeur, et, même, d'humeur reconnaissante. Et
demain après-midi, cours de ukulélé, et après-
demain, bridge chez les Chaminard. Un couple
est un long chef-d'œuvre. N'oublie pas : il y a
l'amour et les femmes, et puis il y a les femmes. »
Je ne comprenais pas grand-chose à ce que le
sénéchal soufflait à mon oreille. Nous sommes
allés vers le cœur de la danse, au pied de l'estrade,
où se trouvaient les triomphateurs et les triom-
phatrices. La main de Barberine avait retrouvé la
mienne, nous marchions vers ma grand-mère.
Parvenu à sa hauteur, je me suis agenouillé, lui ai
pris la main et l'ai baisée !

— Admiration et tendresse d'un obscur troubadour envers Geneviève de Brabant. Mais, au
fait, Minette, tu portes un hennin, maintenant ?

— Oui, mon chéri, c'est celui de Mme Pou-
jade, tu ne trouves pas que c'est *encore* mieux ?

Elle semblait attendre le chauffeur pour rentrer au château. Éclairée de dos par deux grands
candélabres, elle était très entourée. Parmi ce
groupe, il y avait ce professeur de lettres de
soixante ans, Cyrille Dareuse, habillé en gentilhomme alors qu'il avait plutôt l'âge sénéchal,
mais, c'est vrai, portant bien le gentilhomme, parlant bien et beaucoup. Dareuse l'approcha tant
qu'elle recula un peu, assez pour que le voile de

son hennin s'approche de la flamme d'une bougie et prenne feu dans l'instant, si bien que la coiffure de ma grand-mère ressemblait à un gâteau flambé. Avant que nous ayons pu la secourir, elle l'avait balancé directement dans les voilages et les tissus d'art qui encadraient la scène, qui s'embrasèrent en moins d'une minute. MM. Delmarre, Ricotet et Tongiani ont crié :

— Tout le monde dehors !

Tout le bal s'est dirigé calmement et sans un mot vers la sortie, dans un climat d'urgence maîtrisée, alors que l'incendie des rideaux de scène était quand même très spectaculaire. Le lendemain, la locale du *Dauphiné* avait titré : « Bal des Ardents à Varley-Saint-Jean ». En fait de bal des Ardents, il n'y avait pas eu une victime et les pompiers étaient arrivés en deux minutes, sans avoir eu le temps de retirer leur tenue d'époque. M. Laprade, le capitaine des pompiers, dirigea les opérations en tenue de sénéchal avec beaucoup de sang-froid et sauva la salle des fêtes de la destruction complète. Il nous avait ordonné de nous compter pour s'assurer que personne ne manquait, puis il avait demandé à tout le monde de se reculer à cinquante mètres autour du sinistre. Barberine et moi nous étions retrouvés dans un parking à ciel ouvert, appuyés contre une carrosserie, regardant les étoiles et la flèche de la maison des fêtes qui vomissait par moments des flammèches bleues. Barberine me passa un bras derrière la taille, je me suis tourné vers elle et, alors que je lui donnais le premier baiser de notre vie, elle, si réservée jusqu'alors, laissa remonter sa main le long de mes hauts-de-chausses verts et me saisit par le bas de ma barboteuse d'une telle manière que je ne souhaitais pas qu'elle me lâche. Et, tout en continuant à faire ce qu'elle faisait, elle me demandait, entre deux baisers : « Qu'est-ce qui se passerait, si tout se mettait à brûler ? »

Barberine était venue avec des voisins, elle est repartie dans la Renault Espace, pilotée cette fois par l'Amiral qui se moquait désormais de conduire en sénéchal, à quatre heures du matin, lui qui se couchait à neuf et se levait à quatre. Geneviève de Brabant, assise à côté de lui, sur le siège avant, révisait le film de sa soirée, Barberine et moi, derrière, nous tripotions sans nous embrasser, par crainte d'être aperçus dans le rétroviseur intérieur, ou, pourquoi pas, dans le miroir de courtoisie, dont Minette avait le contrôle. Le chemin n'était pas long, aussi, dans nos jeux de main, Barberine et moi mettions-nous une urgence joueuse, si bien que j'avais atteint sa culotte de damoiselle et qu'elle avait mis du désordre dans ma barboteuse de troubadour.

Par les fenêtres de la voiture on voyait la pluie d'étoiles qui avait relayé les pluies d'orage. Tandis que la main de Barberine se déplaçait doucement dans ma barboteuse, j'ai demandé :

— Grand-père, grand-mère, j'aimerais plutôt dormir à La Tortue qui vole, pour me rappeler les vieux souvenirs.

— Tu sais où sont les clés ?

— Oui.

Quand nous sommes arrivés à la maison, je suis allé chercher la clé de La Tortue qui vole, à la resserre, Barberine et moi avons salué l'Amiral et Minette, puis je suis parti pour raccompagner Barberine chez elle. Avant de passer le mur de son jardin, nous sommes revenus sur nos pas et sommes montés à La Tortue qui vole, au-dessus du garage à vélos, où je l'ai embrassée, caressée, léchée, explorée, regardée, admirée, goûtant son odeur de miel et de lionne. Plus tard je lui ai parlé de ce chat qui nous avait fait si peur dans le grenier à tabac, s'en souvenait-elle ? Elle s'en souvenait, mais elle ne s'était pas aperçue de mon état, cependant, semblait-il, c'est peut-être depuis ce moment qu'elle avait pensé à moi autrement.

Le lendemain, lors du petit déjeuner en compagnie de mes grands-parents, alors que nous évoquions les événements de la nuit, l'Amiral a commencé à rigoler chaque fois qu'il me regardait. Je lui ai demandé ce qui le faisait rire : c'était ma tête et c'était contagieux. Dès que nos regards se croisaient, nous avions le fou rire. Minette, toujours prompte à attribuer un changement de temps à un complot de la météo, a tout de suite pris de travers ces rigolades incontrôlables et s'est mise à faire du bruit en rangeant la vaisselle. La matinée a passé, j'ai aidé l'Amiral au potager et, là, pas de fou rire. Nous en avons conclu que le phénomène n'avait lieu qu'en présence de Minette, perspective porteuse d'orages.

— Voilà ce que nous allons faire, a dit l'Amiral : au déjeuner, nous arrivons séparément à la salle à manger, et nous passons à table sans nous regarder. Nous ne nous adressons directement qu'à Minette, tu ne me demandes pas de te passer le poivrier, je ne te demande pas la corbeille de pain, nous nous ignorons discrètement.

Le déjeuner s'est déroulé sans incident, dans une tranquillité assez irréelle, faite de propos sur les courgettes et sur les patates et de quelques incursions quasi neutres sur l'incendie de la salle des fêtes. Pas une fois je n'ai croisé le regard de l'Amiral, pas une fois je n'ai tourné la tête au-delà du visage de Minette, évitant d'entr'apercevoir la dangereuse silhouette de mon aïeul. Le déjeuner semblait très finement sécurisé, quand Minette a demandé à l'Amiral :

— François, je te sers une autre tranche de gigot ?

Et il a pouffé de rire en se cachant le visage des deux mains, puis il s'est levé et a commencé à faire des allers et retours en se tenant les côtes et en disant, entre deux hoquets, « excusez-moi, oh, excusez-moi », alors je me suis levé à mon tour et je suis allé me tenir les côtes sur la terrasse. Elle s'est levée sans un mot, a pris son assiette et est allée déjeuner à la cuisine.

L'après-midi, je suis parti en Solex avec Barberine passer deux heures à la piscine du Bion, qui surplombait une petite vallée déserte où se trouvaient un vieux cimetière et une chapelle romane. Barberine, en deux-pièces, la poitrine joyeuse, le ventre implacable. Je lui ai raconté la situation bloquée à La Tortue à cause des fous rires et je lui ai annoncé que je comptais me faire prêter la Renault Espace, le lendemain, pour prendre un peu de distance afin de calmer l'atmosphère. Si Barberine était d'accord pour être le chauffeur, nous pourrions aller faire une balade toute la journée.

— Bonne idée. Je te propose le plateau de Lalley. Ensuite, je t'invite à déjeuner à La Botte Gourmande, chez M. Tongiani. Tu aimes la cuisine italienne ?

— Je l'aime, elle m'aime.

— C'est parfait, dit-elle en me faisant goûter sa langue avant de plonger.

Sur le chemin du retour, je lui ai demandé si elle voudrait bien me rejoindre le soir même à La Tortue qui vole. Elle a hésité un instant, puis :

— Oui, si cela ne t'ennuie pas que je vienne tard.

— Réveille-moi quand tu arrives.

Le dîner à La Tortue eut lieu à la cuisine, entre l'Amiral et moi, car Minette était montée dans sa chambre sans dire un mot. Nous avons mangé des œufs au plat et du saucisson du cousin Jules, suivi d'une batavia et d'un morceau de chèvre. Ensuite, nous sommes allés rendre visite à la Vierge et nous avons regardé la Voie lactée en fumant. François Farnaret avait retiré son béret, et, tout en se recoiffant avec les doigts, soupirait sur l'impossibilité où nous étions de prendre des fous rires préventifs avant de retrouver Minette en toute sérénité. Je lui ai demandé si ma tête l'avait toujours fait rire :

— Oui, avec respect. Et la mienne ?

— Oui, avec respect également.

Et il est vrai que la tête de l'Amiral m'a toujours fait rire et que je le respecte. Très tôt, je l'ai entendu dire que les décorations et les distinctions étaient des hochets, les questions de préséance et les signes de distinction sociale, de la semoule pour les cons. Ce soir-là, alors que nous nous tenions assis sur le socle de la statue de la Vierge et que j'allumais ma troisième cigarette, il me dit :

— Je te sens préoccupé.

En vérité, ce qui me préoccupait vraiment était de savoir si Barberine me rejoindrait cette nuit-là à La Tortue qui vole. Mais je me suis abrité derrière mon histoire de coffre-fort, que je commençais pourtant à apprivoiser. Il m'a dit :

— Bah, je ne m'inquiète pas pour toi, tu t'en tireras toujours.

C'était, mot pour mot, la phrase que m'avait dite mon père, la veille de sa disparition. Et je n'osais pas poser à mon grand-père ma vieille question familière : « Oui, mais me tirer de quoi ? »

Le lendemain, le temps était magnifique. Barberine conduisait bien, ce que j'appelle la conduite de pilote d'avion : sans esbroufe, l'œil à tout. À La Botte Gourmande, j'ai repris de la caponata deux fois, puis des scampi (mon côté *junk food*). Barberine avait commandé une salade de champignons et des calamars accompagnés de risotto. Elle n'a bu que de l'eau et moi, que du vin. M. Tongiani nous a appris que les assurances allaient sans doute payer pour l'incendie de la salle des fêtes, il a demandé des nouvelles de Mme Farnaret, ma grand-mère, la pauvre, obligée de lancer son hennin enflammé dans les tentures de la scène plutôt que sur le ciment de la piste de danse, enfin, l'essentiel est que l'on soit tous en vie, excellent appétit, bonne continuation, messieurs dames !

Barberine ne m'avait pas rejoint, la nuit précédente, à La Tortue qui vole, où je n'avais cessé de rallumer pour savoir l'heure qu'il était, jusqu'à quatre heures du matin. Elle avait, me disait-elle en piochant avec gourmandise un calamar, passé la soirée et une grande partie de la nuit devant la cheminée en compagnie de Margot, la sœur cadette de l'Amiral, la femme qui l'avait élevée en la mettant à l'abri d'un drame familial dont on ne parlait jamais. Une très belle femme qui souffrait d'une longue et douloureuse mélancolie, et de très agréable compagnie. Barberine l'avait aidée à garder son Chien Noir. Tandis qu'elle parlait, je n'avais pas, tout d'abord, remarqué un couple, venu s'asseoir à une table derrière Barberine. Elle me fit remarquer que j'avais la discrétion de l'inspecteur Clouzot et me demanda pourquoi je ne cessais de regarder ces gens derrière elle. À mi-voix, je lui fis remarquer que le type dans son dos, en compagnie d'une Chinoise assez belle, avait une silhouette extraordinairement semblable à celle de mon père.

— Ah bon ! s'écria Barberine.

Je fis « chut » du doigt et je sortis mon téléphone portable d'une poche, en demandant à Barberine de se pencher afin que je puisse prendre l'homme en photo. Pour ne pas attirer trop l'attention, je prenais aussi des photos du paysage. Pendant ce temps, Barberine s'était à demi retournée et m'avait dit : « C'est vrai que la silhouette est ressemblante, mais, figure-toi, la voix aussi. » Je tendis l'oreille. C'était vrai : la voix aussi.

Barberine a demandé l'addition. En passant à hauteur de la table du couple, je ne me suis pas retourné pour voir le visage de l'homme, mais mon regard a croisé celui, indifférent, de la belle femme asiatique qui me faisait face. Une fois sortis, selon le plan échafaudé à table, Barberine revint chercher le foulard qu'elle avait volontairement oublié, pour, au passage, vérifier *de visu* ce qu'il en était du fantôme de mon père. Moimême, à l'extérieur, j'allais et venais nonchalamment devant la façade du restaurant, et, tout à coup, j'ai fixé l'homme, juste au moment où il ne regardait pas dans ma direction. En une fraction de seconde, j'ai pu voir que ce n'était pas le visage de mon père.

— Ce n'est pas ton père, a dit Barberine en sortant. Ouf, quelle frayeur !

— Quelle frayeur ?

— Si tu retrouvais ton père, imagine le bordel ! Je n'ai pas du tout envie de retrouver la famille qui m'a abandonnée, les branches poussent vers le haut, pas vers le bas. Enfin c'est faux : il y a les saules pleureurs.

Sur les chemins du plateau de Lalley, nous nous collions debout l'un à l'autre sans nous en faire, au milieu des champs de lavande qui s'étendaient jusqu'au ciel. C'est ainsi que nous sommes arrivés non loin de l'endroit où nous avions garé la voiture, à un petit carrefour au parfum mauve. Barberine a eu envie de faire pipi et s'est jetée au bas du talus. Elle avait commencé à remonter sa robe quand un groupe de promeneurs a débouché quelques mètres plus loin. Barberine a dit :

— Tant pis, j'ai trop envie, je me cache derrière un buisson et tu te tiens devant moi.

Je me suis placé devant elle, mais en tournant le dos au chemin, puis je me suis accroupi en face d'elle, elle m'a regardé en arrondissant les sourcils, j'ai passé la main sous sa jupe, et, tandis qu'on entendait les promeneurs marcher tranquillement, ma main, petit à petit, remontait de la rivière à la source.

Au moment où nous arrivions à la voiture, je lui ai demandé :

— Tu me trouves bizarre ?

— Non, c'est amusant.

La descente du plateau de Lalley était truffée d'épingles à cheveux, Barberine ne cessait de débrayer, de freiner, de passer les vitesses, je voyais ses pieds courir sur les pédales, ses genoux monter et descendre, sa robe bouger sur ses cuisses. J'ai posé ma main sur sa culotte, elle s'est laissé faire, mon téléphone a sonné, c'était ma mère. Quand j'ai raccroché, Barberine m'a demandé ce qui se passait, je faisais une drôle de tête.

— Je rentre à Paris demain. Et toi, quand quittes-tu Varley-Saint-Jean ?

— Pas avant six ou sept jours.

Et quelques virages plus loin, elle a dit :

— Alors, ce soir, La Tortue qui vole ?

Durant le reste du chemin, je lui ai résumé l'affaire du coffre-fort et de Tong Tong. Elle est simple, il est facile de lui parler, j'aime sa façon de conduire.

— D'après ma mère, la police voulait à nouveau m'entendre en sa compagnie. Elle était très énervée par cette fin de vacances, ce que je comprends, mais elle m'a parlé de toute cette histoire comme si j'en étais un peu responsable, ce qui n'est pas totalement faux. Elle m'a dit que mon père lui empoisonnait la vie depuis sept ans et qu'en plus il fallait supporter les piqûres de rappel d'un fantôme plein de dollars.

— Et alors ? m'a demandé Barberine.

— J'ai failli dire à ma mère que j'avais vu le fantôme de dos.

Je ne vais pas me plaindre

Quand j'ai poussé la porte du 7, rue Barthé-lemy-Casier, ce n'était plus le domaine magique-ment désert que j'avais trouvé quelques jours plus tôt à mon retour de La Bâtie. Les figures féminines et masculines, si présentes sur les paliers et dans les escaliers joignant le deuxième et le cinquième étage, s'étaient fondues dans les murs à l'approche de septembre. La porte de la loge s'est ouverte sur Mme Cinfaes, qui devait savoir l'heure de mon arrivée et m'avait guetté avec le courrier qu'elle avait pris soin de ne pas monter, pour pouvoir m'intercepter. Elle devait être au courant des événements de la semaine passée : elle avait dix-sept ans quand elle est arrivée ici, jeune mariée, avec M. Cinfaes. Rol, ma mère, en avait douze. Elles étaient comme la grande sœur et la petite sœur. La grande sœur était dans l'escalier, la petite sœur étudiait. En fait, elles ont toujours pratiqué l'escalier, aujourd'hui encore, tantôt dans la loge de l'une, tantôt dans la cuisine de l'autre, et je savais que la loge du rez-de-chaussée tenait directement d'une indiscrétion de la cuisine du deuxième qu'il existait un coffre-fort dans la chambre de ma mère derrière le Pianfetti. Après m'avoir embrassé, elle m'a tendu une lettre et une drôle de carte postale que j'ai aussitôt glissée sous la lettre. Je ne reçois pas beaucoup de courrier : habituellement, Agnès, Adham, Furtif et moi utilisons le téléphone portable ou le mail. Il nous arrive de nous écrire au stylo, instrument sursitaire. Et voici un mot, une pensée, une lenteur, du papier qu'une main a tiédi de son écriture mouillée, une enveloppe cachetée d'un trait de langue de chat, ayant déjoué les facilités électroniques et qui, lorsqu'on l'ouvre, libère un chuchotement de mots frais.

— Tout de même, ces trois cent soixante-dix mille dollars cachés derrière le Pianfetti ! disait Mme Cinfaes en s'en donnant à cœur joie de parler de milliers de dollars, elle qui fréquentait les billets de cinq, dix et vingt euros. Et toi, mon grand Paul, qui dois aller chez la police avec Rol, allez, monte vite chez toi, ta mère t'a laissé quelque chose sur ta table.

Mme Cinfaes connaît mon habitude de passer d'abord chez moi, avant d'aller, plus tard, saluer le deuxième étage. J'ai grimpé les escaliers : au premier, odeur de ratatouille s'échappant de chez les architectes et voix d'enfants chez Louise

André, la jolie veuve. Au deuxième, la musique de jazz qu'on entendait derrière la porte du trois pièces de Claude, ma sœur, et, en face, la *Haffner* de Mozart qui retentissait à pleins gaz dans le salon, chez ma mère. Au troisième, l'odeur de bœuf bourguignon qui s'évadait de chez M. et Mme Frolet, les propriétaires de l'immeuble, tous deux gros, âgés, souriants, très flattés de loger au cinquième Denis Flahault, un ambassadeur de France, ce qui fait que depuis plus de vingt ans, dès qu'un appartement se libère, grand-père Denis est consulté. C'est ainsi qu'il a ouvert la porte du quatrième droite à un couple d'Afghans, diplomates à l'Unesco.

Après vingt jours de pouvoir absolu, le silence funéraire de l'été était vaincu par la rumeur humaine de la rentrée. De leur côté, les mites, les cafards, les rats et les pigeons regagnaient sans hâte leurs quartiers d'automne. En temps ordinaire, j'aurais été agacé de trouver sur ma table de travail un en-cas préparé par ma mère : elle savait que je le tenais comme un geste d'assistance et que je pointille beaucoup là-dessus. Elle savait aussi que je n'aurais rien mangé dans le train, que je serais affamé, que je ne voudrais pas déjeuner au deuxième. Dans une assiette, il y avait du jambon cru avec du pain et du beurre, ainsi que des tomates émondées à l'huile d'olive et à la coriandre, une bouteille de vin et des figues : une attention ponctuelle n'est pas une rente, et, d'ailleurs, dans les jours suivants, elle s'interdirait d'installer le moindre comestible sur ma table, entre Cervantès et Montaigne. J'avais délicieusement faim, j'étais délicieusement seul, je me suis mis à table.

L'une des lettres que m'avait remises Mme Cinfaes émanait de l'administration du lycée, elle contenait un formulaire à remplir et donnait des indications sur les programmes et sur les professeurs. La carte postale était un tableau représentant un adolescent qui pouvait avoir douze ou treize ans, allongé en pull de laine sur un lit, les mains derrière la tête, le regard satisfait et pensif, le ventre caché par les cheveux d'une femme entièrement nue, penchée sur son petit short qu'on devine ouvert. Au dos de la carte, on lisait : « Exposition Picasso érotique. Paris, Galerie nationale du Jeu de Paume. Février-mai 2001. » Et je lisais une écriture qui ne me rappelait rien :

« Cher M. Newman,

Mon plaisir de vous voir n'est pas *has been*.

Mes heures avec vous ne sont pas *has* belles.

C. »

Claire m'invitant à dormir tête-bêche à La Bâtie et moi me réfugiant sous ma tente, Claire en peignoir sur le seuil de la cuisine à Barthélémy-Casier et me disant « j'ai faim », Claire partant avec Carole rejoindre à une terrasse le commissaire Sanchez et l'inspecteur chef Maarif, plusieurs fois Claire, qui ne s'éloignait pas pour de bon et ne revenait pas pour de vrai. Je me mis à penser aux gens de la nuit, au Kiss, ceux qui étaient avec l'aveugle de nuit et son chien. J'ai dormi vingt minutes et je suis descendu au deuxième. J'aime les courtes siestes : on prend le sommeil par inattention. Et quand, furieux de s'être fait avoir, il revient ventre à terre, trop tard, sommeil ! La sieste est finie.

Rol, ma mère, était installée à un coin du canapé dans le salon du deuxième étage. Romain, mon beau-père, était assis dans le grand fauteuil rouge près du piano et qui n'était pas du tout de son goût, comme cent pour cent des choses de cette maison. Leur charme était de n'avoir pas de goût du tout. Elles n'avaient aucune prétention et ne témoignaient d'aucune recherche, à la différence du bon goût qui, pour ce que j'en sais, demande des efforts. Si l'on ajoute à cela que Romain est simultanément le mari stagiaire d'une demi-veuve et le directeur d'un institut de sondage, il savait analyser les situations surtout une fois acquises et nous aimait avec tact, ma sœur et moi, quoique notre géographie familiale fût peu propice aux questions où l'on répond par oui ou par non, ou en cochant « plutôt tout à fait d'accord » ou « plutôt pas du tout d'accord » ou « assez un peu d'accord ». Mais il aimait ma mère et il l'aimait vraiment pour avoir accepté de vivre dans cet appartement qui ne correspondait pas à son besoin de modernité et où les repas d'amis à la cuisine ne cadraient pas avec le relais social qu'un homme de son profil méritait pour ses dîners en ville. Et Romain Pélisson, président de l'IRIS (Institut de recherche et d'interprétation sociale), devait aller plus loin encore dans l'oubli de soi et dans l'amour de ma mère. C'est-à-dire dans la chambre où cette femme avait dormi plus de quinze ans avec son mari (même s'il a fait, à son arrivée, remplacer le lit que ma mère avait partagé avec mon père, par un immense lit Le Gaulois, nettement plus attractif, on l'a vu, que le cent quarante qui l'avait précédé). D'ailleurs, en s'y glissant pour la première fois, étonnée de sa fermeté et de ce qu'on pouvait s'y tenir allongé en large et en quinconce, elle avait dit : « Ce lit, c'est une résidence secondaire à la maison ! » Et cette obstination de ma mère à demeurer dans cet appartement du deuxième, quelle bizarrerie, à bien y penser. Était-ce par attachement à sa mémoire de fille, pour continuer à habiter à trois étages de ses vieux parents charmants ? Ou encore parce qu'elle ne se décidait pas à solder une disparition qui la privait de toute certitude, elle qui aimait tant les choses nettes, d'où, d'ailleurs, son attrait pour Romain qui était net comme un pourcentage et dont elle ne voulait pas de l'argent, tant que... tant que quoi, d'ailleurs ? Romain, décidément, n'avait pas la partie facile, dans cet appartement où le fantôme de mon père échappait à tout questionnaire de l'IRIS. Et voilà que, alors qu'il passait ses vacances dans son jus, dans sa maison d'Hossegor, si bien adaptée à la vie sociale en vacances, Romain était pris par les cheveux et ramené à Paris, dans un immeuble abritant des espèces bourgeoises en voie d'extinction, pour une histoire de coffre-fort où, durant sept ans, trois cent soixante-dix mille dollars de mon père, de leur cachette, avaient partagé son intimité avec Rol. Il n'était pas difficile de comprendre dans quelles étranges distorsions l'avaient enfermé son attachement à Rol, cette femme si différente de lui, et sa vie sociale, et c'était plutôt à son honneur quand on sait que ce genre d'homme, habituellement, s'arrange pour prendre chaussure à son pied et s'en éprendre éventuellement plus tard. Mais lui, l'aimait-elle, le trouvait-elle sur mesure, avec la part de petites erreurs que cela suppose ? Je ne peux parler que d'impressions, pas de certitudes. En tout cas, il serait la perche idéale pour la tirer hors de son chaudron d'origine, si exquis, si pesant, alors que mon père, lui, s'en foutait du chaudron en question, il devait même l'apprécier, mais, voilà, c'était mon père, un modèle plus solitaire et moins prévisible que le modèle Romain. Il nous aimait sans doute, mais un matin il est sorti sans ses clés. Il y avait donc eu, ce jour-là, un double point de départ, parce qu'il était parti et Romain était tombé dans une famille où tout le monde, sans le dire, sans même en avoir conscience, attendait un point final qui ne venait pas. Rol aimait-elle Romain ? Mais oui. Lui plaisait-il ? Mais oui.

Moi, il ne m'intéresse pas beaucoup et c'est ma faute.

Ma mère trônait avec la beauté sévère d'une ancienne Romaine à une extrémité du canapé et je ne pouvais m'empêcher de penser aux évolutions érotiques qui s'y étaient récemment produites, au derrière de Claire, et à moi, aussi, complètement nu, complètement excité, complètement décidé. Je remarquai que ma mère tenait une cigarette entre les doigts. Elle ne fumait plus depuis plusieurs années. Cela lui allait bien, de fumer, cette fatigue des traits, ce regard, ce visage régulier, ces longs cheveux noirs tirés en arrière. J'étais toujours sidéré de voir à quel point elle et ma sœur avaient échappé au nez copte de mon grand-père Denis. J'en avais été l'unique et plein dépositaire et je n'oublie jamais, dans mes prières, Paul Newman pour sa fidèle collaboration.

— C'est idiot que tu sois impliqué dans cette histoire, je suis désolée, pardonne-moi d'avoir été désagréable au téléphone.

— J'étais là de ma propre volonté, à ma demande. C'est moi qui regrette que ma présence ait permis que les choses se passent ainsi.

Romain, immobile dans le fauteuil rouge, avait des impatiences dans les jambes :

— Je crois que je vais vous laisser, vous n'avez pas besoin de moi ?

Il s'est sans doute rendu à son bureau, dans mon ancienne chambre, que je lui ai abandonnée dix-huit mois après que ma mère l'a invité à dîner à la maison pour la première fois. Un jour, peut-être, j'installerai à mon tour mon bureau dans la chambre d'un garçon, la mienne pour de bon, une bonne chambre de vieux garçon. Après avoir embrassé ma mère et m'avoir salué, Romain est parti. Je pensais qu'il aurait parlé du coffre-fort, mais non.

C'était ma mère qui en parlait :

— D'après les rapports de police, il y avait pas mal de monde, ces deux, trois jours où l'immeuble était vide de ses habitants. Des amis à toi ?

— Oui, Adham Shariat, Olivier Deperthuy, Agnès Fischbacher, que tu connais, et aussi des amis de passage qui ne savaient où dormir. As-tu trouvé la maison bien rangée ?

— Je ne l'ai jamais trouvée aussi bien rangée. C'était très adulte. Il y avait des femmes parmi vous, non ?

— En fait, tout le monde a donné un coup de main, il n'y avait pas de cul de plomb.

— Combien étiez-vous en tout, la police me l'a demandé ?

— On a déjà répondu à Eddie Sanchez et à Atmie Maarif, les policiers. La nuit du coffre-fort, nous étions sept : trois au deuxième et quatre au cinquième. Au deuxième, Adham et une amie...

— ... Au deuxième, dans la chambre du Pianfetti, je veux dire : ma chambre ?

— Oui.

— Adham Shariat y a passé la nuit en compagnie d'une certaine Tong Tong qui a filé à l'anglaise, n'est-ce pas ?

— Quand il s'est réveillé, elle n'était plus là.

— Tu la connaissais ?

— Agnès — elle dormait au deuxième avec Petite Joie — l'avait rencontrée dix jours plus tôt, en vacances. Elles avaient sympathisé.

— Tu veux dire qu'*elle* avait sympathisé avec Agnès. Et ceux qui dormaient au cinquième (ne dis pas à tes grands-parents que des gens ont passé la nuit dans leur chambre)...

— ... Je ne comptais pas le faire...

— ... ceux qui dormaient au cinquième et *dans ta chambre* ne connaissaient pas cette Tong Tong ?

— Maman, tu sais bien que c'est moi qui dormais dans ma chambre, en compagnie d'une amie, et personne ne connaît Tong Tong à part Agnès, qui, d'ailleurs, ne la connaît pas beaucoup.

— Je la connais ? Je veux parler de l'amie avec laquelle tu te trouvais.

— Non.

Tout mensonge est un échec, une vérité peut être un désastre. J'ai protégé sans hésiter l'anonymat de Claire.

— Quand même, c'est trop fort ! Cette Tong Tong que personne ne connaît et qui, elle, connaît l'existence et le chiffre d'un coffre-fort caché derrière un tableau dans ma chambre, et repart avec le magot. Elle était évidemment en service commandé. Ton père est derrière tout ça : il n'est pas mort il nous a surveillés de loin, oh, ce n'est pas possible, on se croirait dans une minable histoire des années vingt !

À quoi ma mère pensait-elle en évoquant les années vingt ? Je l'ignore. Mais à travers cette colère, en fait maîtrisée, je percevais une note insistante d'allégresse, ce n'était pas une colère de cracheuse de bile, se nourrissant d'elle-même, c'était une colère nourrie de quelque chose qui ressemblait à une bonne nouvelle. Certes, si elle avait été seule, sans doute aurait-elle traité mon père de salaud et même de raclure, après tout, elle en avait soupé, de ce drame cocasse. En même temps, elle avait choisi de s'y faire plutôt que de s'en ronger, c'est son caractère. Comme moi, la jambe qui traîne, ça fait partie de mon caractère. Bien sûr, bien sûr, je traite la polio de raclure quand nous sommes en tête à tête, mais en y mettant de la gaieté. Ma mère et moi étions parallèles. Mais cette allégresse que j'avais perçue en sourdine de sa colère venait bien de quelque part. Et, dans ces circonstances assez particulières, il me semblait lire dans son regard qu'elle était, *soudain*, rassurée à mon propos, moi, son souci jusqu'alors.

Dans les temps qui ont suivi le jour où mon père a pris la poudre d'escampette, ma mère me prenait dans ses bras comme elle ne le faisait plus depuis que j'avais cessé d'en faire la demande, et je me débattais comme un chat qui veut regagner le sol. Elle avait vécu ma poliomyélite comme une faute maternelle grave. Quand, à treize ans, j'avais déclaré que ce qui m'intéressait était le grec ancien, le latin, les lettres classiques, les mathématiques et la physique, dans l'intention de devenir physicien, elle m'avait parlé des métiers de la communication, de la publicité, du journalisme, de l'audiovisuel, de la gestion culturelle, que choisissent beaucoup de « garçons modernes de ton âge ». Un peu plus tard, elle avait pris rendez-vous pour moi chez un psychologue orienteur, un homme à solutions. Et, par le plus grand des hasards, qui tenait à sa cocasse profession, nous avons parlé de grec ancien, de mathématiques et de physique, petit à petit considérés comme des matières d'étude, certes, mais assez étranges, en regard d'un « comportement moderne », pour devenir au fil de sa conversation des symptômes passéistes, pas graves, bien sûr, mais qu'il convenait d'examiner de plus près. J'aurais préféré un psychanalyste : s'il avait été amusant, nous aurions cinglé vers l'inconnu. Ce psychologue, quoique réputé dans les milieux éducatifs, était tout juste bon à jeter dans une cellule d'aide psychologique. Je l'avais rencontré pour ne pas décevoir ma mère, je l'avais regardé fixement pendant notre entretien, à hauteur d'une de ses joues, comme s'il avait une drôle de chose cutanée. Ma mère n'avait plus rien tenté du côté de la psycho et j'avais continué à être son souci, avec ma jambe tordue, mon goût pour les sciences et les lettres classiques. Elle me trouvait solitaire, ce qui était faux, avare de confidences, ce qui était vrai, elle pensait que je ne sortais pas assez « avec des bandes d'amis et d'*amies* », comme faisaient les jeunes de mon âge, et je lui répondais que les gens de mon âge ne me déplaisent pas spécialement, mais *les jeunes,* ça... Quand j'ai rencontré, il y a trois ans, Furtif le Loquace, Adham et Agnès, elle s'est réjouie avant de s'inquiéter à nouveau, parce qu'elle trouvait que nous formions un groupe *un peu impénétrable.* Et voilà qu'elle croyait deviner une ouverture dans cette impénétrabilité, une anfractuosité dans laquelle se glissaient des filles et pas seulement des lettres classiques enveloppées de temps et de silence.

Elle n'avait eu aucune envie de parler de la convocation à la police pour le lendemain, ce qu'elle voulait savoir, ce n'était pas l'histoire du coffre-fort, qui, la première surprise passée, n'avait plus rien à raconter à personne et ne faisait que réitérer la routine du mystère de mon père. Ma mère, qui n'avait pas modifié sa posture romaine au bout du canapé, voulait seulement en savoir plus sur ces nuits au 7, rue Barthélemy-Casier tout en demandant le minimum, qui n'en disait pas beaucoup, mais était largement suffisant à la persuader qu'enfin je n'étais plus garçon, ce devait être un atavisme copte chez elle. Un compartiment du jeu où je me sens aussi peu copte que possible, estimant qu'une mère et son fils doivent s'abstenir de fréquenter le même club, si l'on excepte leur indestructible et destructeur club d'origine. Et si ma mère avait su à quel point j'avais aimé baiser pendant ces trois jours, je crois qu'elle se serait à nouveau inquiétée, étant ennemie du trop. Peut-être aurait-elle eu raison : parfois, je suis fou, personne ne le voit, je le sais. J'ai allumé une cigarette. D'habitude, elle déteste que je fume, comme Petite Joie, ma chatte. Mais ce soir-là, elle s'en fichait éperdument. Je lui ai demandé :

— Je t'ai retiré une épine du pied, je crois ?

— Quelle épine ? Que veux-tu dire ?

Elle souriait d'un air faussement gêné. Je voulais parler de l'épine qu'elle s'était elle-même enfoncée dans le pied pendant des années, mais, après tout, à quoi bon rectifier le tir quand on n'est pas en guerre ? Je l'ai laissée tout à sa joie de découvrir que j'étais un jeune homme moderne et je suis monté me coucher.

Petite Joie m'attendait. On se demande peut-être comment j'appelle Petite Joie quand il faut aller vite parce qu'elle est, par exemple, dangereusement perchée sur le rebord de la fenêtre, eh bien, je l'appelle PJ. C'est ce que j'ai fait en arrivant, car, en m'entendant monter, elle a sauté sur le rebord de la fenêtre pour me faire peur, et, en ouvrant la porte, j'ai crié « PJ ! », ce qui m'a fait penser au commissaire Sanchez. Petite Joie est descendue, elle m'a tournicoté dans les jambes, je l'ai prise dans mes bras et je lui ai parlé, elle regardait droit devant elle, imaginant mes paroles d'amour. J'ai attrapé la carte postale de Claire, où se trouvait son numéro de portable, et je l'ai appelée.

— Alors, tu es rentré à Paris ? m'a-t-elle demandé d'une voix qui m'apparut extraordinairement jeune.

— Oui, comment le savais-tu ?

— J'ai déjeuné avec Furtif hier. Je voulais avoir de tes nouvelles, je ne pouvais pas appeler ta mère et j'hésitais à t'appeler directement.

— Je me porte garant de Furtif comme de ma mère.

Elle riait, et, à nouveau, je fus surpris par sa voix, une voix qui rajeunissait les mots.

— Tu as une voix de chanteuse.

— Une voix de chanteuse ? Il faut fêter ça ! Où es-tu ?

— Dans mon lit.

— J'arrive ?

— Tu veux le code ?

— Donne.

Il était minuit. J'ai servi deux cuillers de granulés au thon à Petite Joie, puis je me suis allongé en allumant le transistor. Je suis tombé sur les nouvelles, l'international, un interviewé qui disait : « Tant que l'État d'Israël existera, le Hamas ne pourra pas le reconnaître », et puis venait la revue de presse des magazines, les « niouses », *Les Verdurocks*, les féminins, les hebdos de perlimpipole. On parlait d'une nouvelle rubrique créée dans un féminin, la partie horoscope : « Grâce à la numérologie, apprenez à calculer vous-même l'heure exacte de votre mort. » Zoé Malevan, une jolie fille très *in the move*, une amie de ma sœur Claude, est justement rédactrice en chef dans le féminin qui venait d'être cité. Quand on lui demande ce qu'elle fait dans la vie, elle répond : « Je suis dans un féminin », comme un pilote de ligne dirait : « Je vole sur A 380. » Elle est également animatrice redresseuse de torts sur « Transparence », une émission qui passe sur Toc 5 chaque jeudi à vingt-trois heures : des comédiens interviewers et des interviewers comédiens se repassent le rouleau à compatisserie jusqu'au générique de fin d'émission. C'était la rentrée.

— Entre.

Trois coups légers frappés à la porte, Claire, dont j'associais désormais les volumes enjoués à une voix de chanteuse, portait une minirobe rose et des ballerines de cuir rose, à part ça, rien d'autre de visible sur sa peau brune. Toute idée de rentrée fuyait à sa vue.

— Je n'ai que de la bière fraîche à t'offrir, ça ira ?

— Je vais adorer ça.

Nous nous sommes assis face à face en tailleur sur le lit en mangeant des chips et en buvant de la bière. Je n'étais pas tout à fait en tailleur. J'avais étendu ma jambe vers Claire. Je m'apprêtais à lui parler de mon séjour au repaire de La Tortue, de l'Amiral et des danses anciennes, mais je m'aperçus à temps que j'avais envie d'effleurer ses cuisses, et elle aussi, qui accompagnait ma main et l'invitait doucement à glisser plus haut, et déjà j'en étais là où on ne pouvait pas aller plus haut, et déjà nous nous embrassions tandis que ses doigts déboutonnaient facilement mon pantalon et allaient m'y débusquer. Vic Morton, qui prend parfois en main mon éducation sexuelle de jeune hétérosexuel, m'avait raconté un jour que, à l'époque de sa jeunesse, les cockneys disaient d'une fille qui mouille : « *She creams her pans.* » Comme la robe et les ballerines, la culotte de Claire était rose, d'un rose qui s'assombrissait, car, provoquant en moi un délicieux vertige, « *she creamed her pans* ».

Plus tard, tandis que nous buvions de l'eau du robinet et fumions des cigarettes en regardant le plafond, je lui ai raconté l'Amiral, Jean-Jeannette, le branle de Bourgogne, la promenade au plateau

221

de Lalley, mais sans mentionner la rencontre de celui qui n'était pas mon père à La Botte Gourmande. Elle m'a demandé de chanter « La femme qui pète au lit », qu'elle n'avait jamais entendue. Elle a voulu savoir qui était cette Barberine qui revenait souvent dans mon récit :

— Une vieille copine d'enfance, qui habite une maison à côté de La Tortue.

Je n'aurais dit ni « vieille » ni « copine », mais seulement « amie d'enfance », Claire n'aurait pas éclaté de rire en disant :

— Une vieille copine… jolie, n'est-ce pas ?

— Non, pas vraiment.

Elle a ri à nouveau :

— Pourquoi mens-tu ?

— Je ne sais pas.

— Écoute, Paul Newman, il faut toujours savoir pourquoi on ment. Tu prétends que Barberine n'est pas jolie parce que tu n'as pas envie de dire que tu as couché avec elle et tu as bien raison, ça ne me regarde pas, de même que ça ne te regarde pas de savoir si j'ai fait plus que prendre un verre avec Eddie Sanchez, l'autre soir. Je suis mariée, j'ai deux enfants, des secrets, un job, tu as des examens, des amies, nous n'avons pas le même âge, nous nous amusons ensemble et tu es un exquis petit libertin. À part ça, on respecte les vies privées, ça épargne tout baratin. On ne se doit rien, mon cher chéri.

Le lendemain, avant de refermer la porte de

ma chambre, elle a dit : « À tout moment, nous nous aimons, à tout moment nous pouvons nous dire à demain, à tout moment nous pouvons nous dire pas maintenant, à tout moment nous pouvons nous dire oui ou non. » Elle avait ce sourire généreux et amusé, tandis qu'elle refermait la porte et que je saisissais un bloc-notes et un crayon.

Quand nous nous sommes présentés à trois heures de l'après-midi au bureau du commissaire à la préfecture de police, nous éprouvions, ma mère et moi, un sentiment d'irréalité, non pas parce que nous étions à la police, mais parce que nous y étions ensemble. Le commissaire Sanchez et l'inspecteur Atmie Maarif, qui partageaient une même grande pièce assez bordélique, semblaient, quant à eux, considérer notre visite comme un moment agréable et je voyais Eddie Sanchez regarder ma mère avec la même galanterie courtoise dont il avait témoigné cinq jours plus tôt envers Claire, et je pus constater que ma mère ne s'était pas aperçue qu'elle n'était pas insensible au charme de super Eddie.

— Pardonnez-nous, madame, et vous aussi, monsieur, fit-il en exécutant un salut de salon, de vous recevoir dans ce foutoir. Je pense que c'est la dernière fois que nous vous dérangeons. Nous allons faire le point une bonne fois pour toutes sur votre affaire. Souhaitez-vous boire quelque chose ?

— Un whisky sur glace, dit ma mère.

— Et vous, monsieur Farnaret ?

— Un gin *and* tonic, si vous avez ?

— Nous avons, dit gentiment l'inspecteur Atmie en se dirigeant vers un Frigidaire dont le sommet était couronné de verres propres retournés sur un torchon blanc.

— J'ai donc bien compris que votre mari ne vous avait jamais dit qu'il avait fait installer un coffre mural derrière le tableau de... Lanfetti ?

— Pianfetti, Amédée Pianfetti. C'est mon beau-père, l'Amiral Farnaret, qui me l'avait offert à mon mariage.

Le commissaire s'était servi un whisky et l'inspecteur un gin *and* tonic, les glaçons tintaient dans les verres.

Apparemment, nous étions tombés dans l'un des bars privés les mieux tenus de la préfecture.

— Votre mari vous a-t-il paru étrange, bizarre, dans les jours précédant sa disparition ? Était-il, tout bonnement, quelqu'un d'étrange ?

— Il était comme à son habitude, ni bavard ni taciturne, d'un naturel enjoué, mais avare de confidences, il était du genre *never complain, never explain* et, aussi, *no personnal remarks*.

— *I see*, acquiesça l'inspecteur Atmie.

— Du fait de son métier de courtier maritime, il était souvent en voyage. Sur une année, il pouvait être absent six mois.

— J'ai visité le dossier établi il y a sept ans, au

224

moment de sa disparition : à sa banque, il avait laissé un compte courant de cent cinquante mille francs, cent mille francs d'actions et d'obligations diverses et un compte à part d'un million et demi de francs à votre nom, madame, que vous pouviez réclamer à tout moment.

— Il ne vous a en tout cas pas laissée dans la dèche, a commenté l'inspecteur Atmie d'une voix charmante en faisant tinter son gin *and* tonic.

— Non, en effet, répondit ma mère en souriant, et ces sommes continuent de m'être utiles. Mais j'ignorais tout des affaires de mon mari et je ne m'y intéressais pas, sauf quand je sentais qu'il traversait des périodes difficiles, mais, dans ce cas, le seul secours que je pouvais lui apporter était de lui rendre la vie facile.

C'était la première fois que j'entendais parler du compte en banque de mon père à sa disparition. Certes, nous n'étions pas dans la misère et pourtant, en faisant travailler ma mémoire, je le revois portant toujours les mêmes costumes, les mêmes chaussures. Il n'y avait que les chemises et les cravates qui changeaient souvent. De temps à autre, trois ou quatre fois par an, il nous emmenait au restaurant Kinugawa ou au Flora Danica, parfois il descendait au bar de l'hôtel Davenport, en face de la maison, où il avait ses rendez-vous d'affaires et où il me demandait de passer le chercher à l'heure du dîner. Plusieurs fois, je l'ai presque arraché à la compagnie du maigre

Doumé à l'œil de piaf, le meilleur barman de Paris selon mon père : quand nous remontions chez nous, je voyais bien qu'il avait du plomb dans l'aile, mais pas question de la moindre confidence ou de la plus petite familiarité pour autant, il me parlait avec gentillesse et bonne humeur, il me faisait rire, car il avait hérité de l'humour de l'Amiral. D'ailleurs, de tout ce qu'il a pu me dire directement ou que je l'ai entendu dire à d'autres, ne me restent clairement que des phrases banales, des mots retenus en telle ou telle circonstance, tel jour, en tel lieu, à telle heure, mais que ma mémoire a saisis en dépit de leur banalité, sans doute parce que notre mémoire ne fonctionne pas comme nous. La seule phrase qui pouvait en dire un peu plus long sur mon père, à part son état civil, était celle qu'il devait tenir de mon grand-père : « Avec toi, je ne me fais pas de souci, tu t'en sortiras toujours. » Une chose m'avait également marqué : dans le minuscule bureau qu'il s'était aménagé et où il passait de longues heures, entre deux voyages, il restait seul à la maison, moi à l'école, ma sœur à la fac et ma mère au Louvre, où elle est conservateur. En rentrant de mes cours, j'allais le voir : il était au milieu des livres, des cahiers, des dossiers, il m'avait dit qu'il écrivait une histoire géostratégique du commerce maritime international.

— Tu vas la publier ?

Il avait souri :

— Non, c'est un travail personnel, un *hobby*, comme si je faisais des maquettes de bateaux. Ça n'a d'intérêt que pour moi.

Je l'entends très nettement dire ça. En fait, ce dont je reste le plus imprégné de lui, en dix années de vie commune, c'est de sa voix, que j'avais pourtant si peur d'oublier. En tout cas, mon premier réflexe après sa disparition avait été de me glisser dans son bureau et d'y rechercher cet ouvrage qu'il n'écrivait que pour lui : introuvable.

Le gin *and* tonic de trois heures de l'après-midi à la préfecture de police m'avait fait un peu tourner la tête et je repris en marche la conversation entre ma mère, le commissaire et l'inspecteur. Super Eddie, de sa voix calme et bien timbrée, expliquait :

— En fait, nous avons un avis de recherche lancé il y a sept ans, point final. Aujourd'hui, nous nous trouvons tout bonnement à un carrefour de culs-de-sac, ah, ah, ah : il n'y a pas d'effraction, puisque Mlle Tong Tong n'a pas fracturé la porte pour entrer dans l'appartement, ni le lit pour s'y allonger en compagnie de M. Shariat, ni le coffre-fort, dont elle savait la combinaison. La somme qu'il contenait (peut-être) ne vous appartenait pas, donc elle ne vous a pas été volée. Nous cherchons à savoir s'il y a eu, de la part de la jeune Asiatique, vol d'une somme de trois cent soixante-dix mille dollars à son profit ou retrait de ladite somme au profit d'un disparu qui le demeure. La piste de Tong Tong ne nous a guère menés loin : le numéro de téléphone qu'elle avait donné à Mlle Agnès Fischbacher était celui d'une villa à Viroflay dont les propriétaires, des retraités, tiennent quelques chambres d'hôte. Les renseignements que Tong Tong a laissés à son départ, après être passée prendre ses effets, le jour même de la découverte du coffre-fort, étaient tous faux, ah, ah, ah ! Voilà, madame, monsieur, où nous en sommes, c'est un boxon.

L'inspecteur Maarif proposa un autre whisky à ma mère, qui accepta, puis, se tournant vers moi :

— Un gin *and* tonic, monsieur Farnaret, façon Kiss Club ?

— Merci, je n'ai pas fini mon verre.

Eddie Sanchez arpenta la pièce de ses longues chaussures à boucles profilées comme des Riva, puis marcha droit sur ma mère et s'arrêta à sa hauteur, se penchant avec déférence, et lui demanda :

— Vous portez plainte ?

— Non.

— Puis-je savoir pourquoi ?

— Je n'ai pas envie de me plaindre.

— Madame, je regrette et je comprends : c'est aussi bien joué cette fois qu'il y a sept ans. On aura du mal à trouver.

— Alors, commissaire, ne nous donnons pas tout ce mal. Pouvons-nous nous retirer ?

— À notre grand regret, oui.

Super Eddie et Atmie nous ont raccompagnés jusqu'à la porte de la préfecture. Au moment où nous nous quittions, ma mère les a invités, s'ils le souhaitaient, à une prochaine soirée à son domicile. Dans la rue, je la suivais comme un petit chien et je battais de la queue.

Le lendemain matin, Agnès avait voulu que nous allions au Louvre. Nous sommes passés devant le contrôleur en brandissant d'un geste de privilégiés nos cartes de la Société des amis du Louvre, offertes, de sa poche, par ma mère. Agnès voulait voir les salles de peinture française du XVIIe siècle, Adham voulait repérer ici et là des peintures d'architectures, des peintures de Paris, bref, tout ce qui était de sa boutique, Furtif se proposait d'inaugurer la première d'une longue série de visites des érotiques à travers les siècles, quant à moi, je n'avais aucune idée de ce que je voulais voir, et je comptais faire mon marché en chemin. Nous nous sommes séparés, chacun en quête de son territoire, avec le sentiment agréable que, parmi tout ce public répandu à travers les salles, il y avait nous et que nous le savions. Nous allons une fois par semaine au musée. Le Louvre, par ses dimensions et la carte magique, est notre destination la plus fréquente. Nous avons pour principe de ne visiter que les expositions permanentes, où l'on est entre soi, même avec les gens qu'on ne connaît pas.

Tout en me laissant guider par mes pas, je m'étais arrêté devant un tableau représentant le Pont-Neuf, la Samaritaine et les façades du Louvre, au XVIIIᵉ siècle, peint par Nicolas-Jean-Baptiste Raguenet. L'atmosphère du tableau est assez « bonheur de vivre », au premier plan des personnages en bicornes enveloppés de manteaux de soie s'accoudent nonchalamment à une balustrade et voient ce que voit le regardeur du tableau, la Seine et des rameurs, le Pont-Neuf, l'enfilade du Louvre, le ciel clair à l'ouest, un beau nuage expressif volant au-dessus de la capitale du royaume de France. Je me suis dit que j'en parlerais à Adham, que c'était tout à fait pour lui, et je me suis aperçu que les larmes coulaient sur mes joues, me tombaient dans la bouche, et pour rien, puisque j'étais en train de regarder le charmant tableau de ce bon Raguenet : il n'y avait aucune raison que je pleure, c'était comme une crise cardiaque. J'ai sorti un Kleenex, un peu moins fièrement que je n'avais brandi ma carte de la Société des amis du Louvre, et je me suis dirigé avec humilité vers *La Victoire de Samothrace*, qui était notre point de rendez-vous et où la faim nous réunit tous, au même instant.

— J'ai dû traverser la queue, puis la foule qui vient voir *La Joconde*, a dit Agnès.

Et Adham lui a répondu :

— Voir *La Joconde*, c'est ce qui a remplacé le baptême de l'air.

L'histoire du coffre-fort m'avait rappelé que j'en possède un moi-même, une boîte en fer de biscuits anglais, où je glisse de temps à autre un billet de cinq ou de dix et tout l'argent de mes missions chez l'Amiral. C'était le moment de sortir mon magot de son anonymat et de le transformer en une invitation à déjeuner au bar du restaurant Kinugawa.

Je pensais qu'ils me demanderaient les raisons de cette invitation, ils ont seulement répondu :

— D'accord.

J'ai dit au chef cuisinier :

— Voici deux cents euros, pouvez-vous nous arrêter à cent quatre-vingt-dix ?

Ce n'est pas très chic, mais c'est tellement plus facile quand on ne connaît pas. Quand le chef nous a arrêtés, Furtif le Loquace, Adham et moi avions forcé sur le saké. Agnès y avait à peine trempé les lèvres. Elle avait la ferme intention d'aller au Cirque d'Hiver à la matinée de cinq heures. À l'extrémité du bar se tenait un type baraqué, genre maquereau tropical, chemise noire, pantalon noir, prématurément dégarni du dessus. Il était accompagné d'une blonde russe pleine de peignes, taille fine, des nichons, nez en trompette, tout en noir. Devant la Russe qui ne comprenait pas, il faisait la grosse voix dans son téléphone portable qui disparaissait entre sa main énorme et son oreille obèse, on comprenait très vite qu'il parlait à sa femme, au restaurant, avec sa Russe à côté de lui, devant nous et devant l'impassible personnel du Kinugawa : « Tu fais comme je t'ai dit, tu n'as pas le choix, maintenant, tu vas t'coucher, auroir ! » Puis il a appelé sa secrétaire : « Laurence, tu prépares les factures pour demain ! » Puis il a appelé sa fille : « Tu fais pas comme tu veux, tu fais commilfot, tchao ! » Il était ingrat, mais ce qu'il y avait de plus moche, c'était sa voix, et pourtant ce porc aimait la cuisine japonaise. Il est sorti en même temps que nous, en nous passant devant, ils sont montés dans un 4 × 4, ces voitures qui font de la musculation. Sur le trottoir, Agnès a demandé :

— Qu'est-ce que ça veut dire, au fait : 4 × 4 ?

— Ça veut dire quatre cons en un, a répondu Furtif :

— Le con qui frime.

— Le con qui pollue.

— Le con qui roule en ville.

— Le con qui s'ignore.

Au Cirque d'Hiver, c'est Agnès qui a invité. Ni Adham, ni Furtif, ni moi n'étions allés au cirque depuis très longtemps. Nous en gardions un drôle de souvenir. Agnès adore le cirque, la peinture française du XVIIᵉ siècle et elle danse incroyablement bien le rock. Elle savait que les Bouglione présentaient un nouveau spectacle. C'était un mercredi, il y avait beaucoup d'enfants, j'ai eu tout le temps envie de pisser à cause du saké, je me rappelle surtout Robin Valencia, la femme canon, une Américaine à crinière, musclée et pulpeuse, avec un derrière extraordinairement rond et volumineux, et, semble-t-il, fait maison. Je me rappelle aussi les chameaux aux reflets rosés, si bien shampouinés, et la chamelle et son nouveau-né, qui tournaient lentement sur la piste, qui ne racontaient pas grand-chose mais qu'on ne pouvait s'empêcher de regarder, inexplicablement fasciné. C'est au troisième passage du chameau de tête que je me suis mis à pleurer, sans aucune raison et à plonger la main en direction d'un Kleenex. Agnès s'est penchée vers moi :

— Que se passe-t-il ?

— Rien, le cirque me fait pleurer, comme quand j'étais enfant.

En sortant, Adham nous a invités à prendre un verre au bar du Davenport, en face de chez moi. Doumé, qui astiquait ses verres, fut enchanté de nous voir arriver. En fait, nous étions tous assez tristes et pas désolés de l'être. Agnès a demandé un champagne cocktail, Furtif un manhattan, Adham un bellini et moi un quart Vichy, étant toujours accidenté du saké. L'Amiral m'avait recommandé de boire de l'eau dès que l'alcool commençait à se faire pesant. Je lui étais reconnaissant de me l'avoir conseillé à une époque où je ne buvais pas encore. J'ai pris un deuxième quart Vichy sous les applaudissements des voisins, puis j'ai commandé un gin *and* tonic à la grande joie de Doumé. Mon téléphone a sonné, c'était Vic Morton. Il avait quelque chose d'urgent à me dire à propos de mon père, il voulait savoir où je me trouvais, je lui ai répondu que j'étais en face de chez lui, au bar du Davenport, en train de boire un verre avec des amis. J'ai ajouté que nous serions ravis de l'avoir avec nous. Il voulait me parler de choses confidentielles et je l'ai rassuré : il pourrait les dire devant mes amis, ce qui m'éviterait d'avoir à répéter trois fois.

Vic est arrivé cinq minutes plus tard, blazer de coton noir, T-shirt gris pâle, entièrement neuf, mais l'œil préoccupé. Il a commandé un Lagavulin à Doumé. Je lui ai demandé ce qui se passait. Il a avalé une gorgée de Lagavulin, puis il m'a parlé de mon père, dont il n'avait jamais parlé à quiconque.

— Tu sais, Louis et moi étions de très bons amis. C'est grâce à lui que j'occupe le rez-de-chaussée face. Nous nous sommes connus professionnellement. Tu dois être au courant que j'ai été autrefois agent du MI6. Ton père, lui, était un correspondant des services secrets de ton pays. Ce n'était pas un agent avec un chapeau mou, un *holster* et des lunettes noires, mais, de par son métier, il glanait ici ou là des informations précieuses dans le domaine sensible et stratégique des transports maritimes. Avec l'accord des services français, j'étais allé l'interviewer sur certaines informations confidentielles, voilà comment nous nous sommes connus.

Agnès, qui en était à son deuxième Champagne cocktail, a regardé Vic droit dans les yeux :

— J'ai toujours su que tu étais un agent secret anglais, Vic !

— Touché ! a dit Vic. Je continue : ton père, Paulo, gagnait sa vie dans le courtage maritime, c'était son vrai métier. Mais, au fil des années, il s'est mis à dresser un catalogue de la tricherie dans tout ce qui touchait à son métier au sens large. Il travaillait à un livre qui décrirait ce qu'était le commerce maritime dans le monde. Il a dû commettre une erreur : ça s'est su, il a su qu'on le savait, du moins je le pense. Dans ce cas-là, il était menacé. Dans les semaines qui ont précédé son départ, il m'a dit qu'il cherchait à acheter un cabanon à Port-Margot, en bas du Cap-Brun. Je lui ai demandé : « Pourquoi, un cabanon ? — Pour être tranquille. »

Alors, Vic nous a dit qu'il avait envoyé, à tout hasard, il y a quelques jours, un de ses correspondants traîner à Port-Margot, lequel en était revenu avec une prise :

— La maison est habitée chaque week-end par une femme asiatique, une jeune femme d'une vingtaine d'années qui semble être sa fille, et un homme qui correspond au signalement de Louis, ton père. Évidemment, je n'ai pu envoyer qu'un signalement : je n'ai pas de photo de Louis, et, comme rien n'était sûr, je ne voulais pas vous alarmer, ta mère et toi. À la fin du week-end, mon correspondant a suivi les occupants du cabanon dans leur voiture, et, après deux heures et demie de route à petite allure vers le nord, ils sont arrivés à une magnifique station-service, très propre, très joliment architecturée, avec un étage d'habitation et un balcon de style Mallet-Stevens. Mon correspondant, qui s'y connaît, m'a dit qu'il n'y manquait qu'un hôtel de trois chambres et un bar. Cette station est la seule à trente kilomètres à la ronde, autour d'elle il n'y a que des horizons. Elle s'élève au-dessus d'un plateau de lavande, le plateau de Lalley...

Au mot de Lalley, j'ai interrompu Vic Morton et je lui ai raconté mon étrange rencontre à La Botte Gourmande. Il a écarquillé les yeux, imité par Agnès, Furtif et Adham.

— Tu sais, poursuivait Vic, il était vraiment menacé, et peut-être que l'histoire, c'est qu'il a tout simplement voulu protéger sa famille et qu'il a fini par se faire une autre vie. Peut-être même qu'il a changé de visage, tu sais, aujourd'hui... À sa place, c'est ce que j'aurais fait. Après tout, personne ne lui demandait de changer de cerveau. Tu devrais aller voir là-bas, non ?

— Si.

Adham a insisté pour nous inviter au restaurant du Davenport, où le seul plat passable était l'escalope de veau milanaise. Je suis sorti dans la rue Barthélemy-Casier pour appeler Barberine, à laquelle j'ai longuement relaté ce qui s'était passé depuis mon retour à Paris. Quand j'ai prononcé les mots de station-service et de plateau de Lalley, elle m'a interrompu pour me dire que, dès le lendemain, elle emprunterait la Renault Espace de l'Amiral et se rendrait à la station-service pour repérage et qu'elle m'appellerait à son retour de mission. Je lui ai dit que je serais à La Tortue le lendemain soir, ensuite j'ai appelé l'Amiral pour lui demander l'hospitalité.

— Du nouveau ? m'a-t-il demandé.

— Oui.

Après le dîner, mon amie, ma sœur, Agnès, m'a demandé si elle pouvait rester dormir avec moi, seulement dormir. Je savais que je ne résisterais ni à l'amie ni à la sœur, et, comme je ne voulais pas les perdre, j'ai dit non. Tout le monde s'est salué devant chez moi. Dans le hall d'entrée, tortillant sa clé dans la porte, Vic me dit :

— Tu y vas d'abord pour voir, Paulo Newman. Après, cela ne regarde que toi. Dors bien.

Dans ma chambre, je me suis jeté sur le lit. Petite Joie est venue m'envahir en ronronnant tandis que je glissais dans le sommeil. Elle était heureuse de s'allonger contre le ministre de l'Éducation nationale qui venait de décréter les cours de cuisine obligatoires de la maternelle à la terminale. Apprendre à faire la vaisselle à la main, à repasser les torchons, à faire le marché, à choisir les fruits, les légumes, les viandes, les épices, à connaître leur provenance, à les payer, à

connaître la langue des goûts qui n'est pas seulement les goûts sur la langue, la cuisine laïque et
obligatoire, pour remplacer le service militaire. Et
le ministre de l'Éducation nationale était chassé
pour tentative de perversion de la jeunesse. Les
mains posées sur son tablier blanc, à plat sur la
poche ventrale, comme un kangourou, le ministre
pleurait, pleurait et se réveillait, les joues trem-
pées de larmes, en embrassant Petite Joie, qui
avait pourtant sommeil.

10

La maison qui riait

Le train de Paris arrivait à deux heures et demie à Valence où j'ai changé pour une micheline qui m'a déposé trois quarts d'heure plus tard à la petite gare de Cléon où m'attendait Barberine. Pendant que je roulais vers le pays de La Tortue, elle avait emprunté la Renault Espace de l'Amiral pour aller effectuer un survol de la station-service sur le plateau de Lalley, à l'aide d'un itinéraire précis que Vic Morton lui avait dicté au téléphone.

J'avais refermé une édition, datée de 1978, de *Bartleby* que l'Amiral avait glissée dans une poche de mon sac à dos trois jours plus tôt, lors de mon départ pour Paris. Dès qu'il veut lui allouer une tâche, le patron du cabinet d'avocats où travaille le vieux scribe Bartleby se voit invariablement répondre : « Je préférerais plutôt pas. » J'ignore ce que pouvait représenter exactement l'univers d'un miteux cabinet d'avocats à New York à la fin de l'avant-dernier siècle, mais je voyais le monde de jeunes où j'allais vieillir à dater de mes dix-huit ans, l'an prochain, carte d'électeur et permis de conduire en poche. Et, comme Bartleby, je me disais : « J'aimerais plutôt pas. » Au cours d'une brève et agréable visite que je lui avais rendue l'avant-veille, M. Alekos m'avait fourni quelques outils : « D'abord, avait-il dit en levant son verre de grenache à notre santé, vivre, c'est vieillir, ce n'est pas jeunir. Ensuite, on contribue à son époque en n'appartenant pas à son temps. Soit à l'avant-garde, soit à l'arrière-garde. L'arrière-garde, à laquelle appartiennent des gens comme Bartleby, Jean-Sébastien Bach et vous, semble-t-il, n'est pas un ramassis de vieux débris accrochés au passé comme des arapèdes. Elle tricote un univers en appelant à elle ce qui a été ignoré, incompris ou bien oublié par les postérités antérieures, mais cet univers se tricote au présent. Alors, l'avant-garde, devenue un fantôme, le contemporain une occase, postez-vous à l'arrière-garde, cher Paul, c'est là que vous êtes né, c'est là que vous vivrez et mourrez, avec mes approbations anticipées. »

Tandis que j'entendais encore la voix de M. Alekos, je revis le moment où ma mère avait dit au bel inspecteur Eddie Sanchez : « Je n'ai pas envie de me plaindre. » Comme Claude, ma sœur, l'avait fait la première, ma mère tournait la page. La veuve et les orphelins tournaient la page. Dans une pièce aux murs nus, il y avait une table de bois et trois chaises sur lesquelles étaient assis : Claude ma sœur, Rol ma mère, et moi, tous de bure vêtus, chacun lisant le même livre, celui dont le premier chapitre commence il y a sept ans.

Aurais-je dû raconter à ma mère ce que m'avait appris Vic Morton concernant mon père ? Ses activités de correspondant de la DGSE en marge de sa vie de courtier maritime ? Ce travail secret qui l'avait mis en danger et qui était, peut-être, la cause de sa disparition, pour mettre sa famille à l'abri ? C'était également le meilleur moyen d'exposer ladite famille aux agissements de ceux qui voulaient mettre la main sur lui. Non, mieux valait dire à Rol, ma mère... Mieux valait ne rien lui dire du tout. La laisser tranquille, tout à la joie de n'être plus une demi-veuve et une demi-épouse et de savoir que son fils était un grand garçon. Quant à moi, à chaque tour de roue du wagon, j'allais du côté de mon père et j'allais tirer le signal d'alarme quand mon téléphone portable a vibré. C'était Barberine, qui revenait du plateau de Lalley. J'étais allé m'asseoir sur un strapontin à côté de la porte du wagon. Le paysage qui défilait à travers la vitre racontait que nous avions commencé à longer les contreforts des Alpes, sur notre gauche. Mais, rapidement, la description que me faisait Barberine de la station-service isolée sur son plateau, au milieu de sa mer de lavande, recouvrit les vues du Dauphiné qu'on voyait par la porte du wagon, tandis que la voix de mon amie m'expliquait que la station-service était très fréquentée, qu'il y avait trois batteries de pompes et un atelier de réparation sérieusement équipé. Dans le bureau-boutique, on vendait des produits routiers, des boissons, des cartes.

— À la caisse, il y a une dame chinoise d'environ cinquante ans, qui a une façon très élégante de vous renseigner et de rendre la monnaie. Je ne peux malheureusement pas te dire si elle ressemble à Tong Tong, que je ne connais pas.

— Et... l'homme ?

— Il ne s'occupait pas des pompes, il était au garage. C'est vrai que, de dos, il ressemble extraordinairement à ton père. De face, rien à voir. Je me tenais à distance, comme quelqu'un qui n'ose pas demander un renseignement, un peu sur la pointe des pieds, personne ne faisait attention à moi, j'en ai profité pour attendre qu'il parle. Quand il s'est adressé aux mécanos, j'ai eu un choc : je n'ai pas entendu la voix de ton père depuis sept ans et c'était incroyablement proche. De dos et de voix, c'est lui, de face, c'est un monsieur que je ne connais pas. Ah ! je leur ai demandé à quelle heure ils fermaient : dix heures du soir. On a le temps d'y retourner à ta descente du train. À tout à l'heure.

Je louais la loyauté et l'intelligence de Barberine, et, en même temps, sa voix, que je me remémorais dans des circonstances plus tropicales, me mettait dans un état d'excitation inconfortable dans un transport public. Ces impressions furent ravivées une heure et demie plus tard, quand je l'ai aperçue me guettant, dans la foule, sur le quai de la gare de Cléon. Visage ovale, nez droit à l'arête plate, narines arquées, petite bouche, joues duvetées de blond, cheveux coupés à la Jeanne d'Arc, et ses yeux marron en amande, presque trop grands, qui me regardaient à travers les grands éventails noirs des cils luisants comme des plumes de corbeau. Nous avions un peu plus d'une heure de route devant nous. Je voulus passer d'abord à La Tortue.

— Tu vas déposer ta valise, préparer ta nuisette, choisir un Simenon et rabattre le dessus-de-lit ? me demanda Barberine.

— Mais non, je vais saluer l'Amiral et Minette. Compte tenu de ce que nous avons à faire, je n'aurai pratiquement que cette occasion de les saluer.

Le garage était ouvert, la porte du jardin était ouverte, les portes du salon étaient ouvertes sur le jardin et l'Amiral et Minette nous attendaient debout devant le salon, lui, gris avec un béret et des charentaises aux pieds, elle, orange et noir avec une fleur dans les cheveux. Je fus horrifié au moment où l'Amiral et moi, nous serrant la main sans méfiance, avons, en nous voyant, explosé de rire et fui, lui dans le salon, moi dans le jardin.

Barberine expliquait à Minette que nous repartirions assez vite et j'entendis Minette répondre :

— Effectivement, c'est mieux comme ça. François m'a dit que Paul était à la recherche d'une jeune fille dont il est tombé amoureux, elle s'appelle Tong Tong. Je trouve ça charmant, je croyais que les histoires d'amour n'existaient plus. Tong Tong, n'est-ce pas ? et tu aides Paul à la retrouver, ma jolie Barberine ?

— Tong Tong, c'est ça, avait répondu Barberine.

L'Amiral m'avait emmené poser mon sac à la chambre de La Tortue qui plonge, au-dessus du garage à vélos. Il avait tenu à le porter dans le petit escalier raide qui montait du garage aux Tortues et l'avait jeté sur mon lit avant de s'y asseoir. Je m'étais assis sur le lit d'en face, un lit d'enfant, et je lui avais raconté aussi vite et aussi complètement que possible mon séjour à Paris, en m'étendant plus longuement sur les révélations de Vic Morton. Il m'avait écouté en silence, le béret sur la tête, puis il s'était frotté les mains en disant :

— Ton père a peut-être changé de visage pour échapper à ceux qui voulaient le réduire au silence. Malgré le cocasse de la chose, je pencherais assez pour cette explication. De toute façon, si, au cours de ton observation au plateau de Lalley, tu vois passer la Tong Tong que tu as vue à Paris, il y a neuf chances sur dix pour que l'homme soit ton père, et, par la même occasion, mon fils. Bizarre, non ?

— Assez, oui.

— Cela dit, il est aujourd'hui plus facile de changer de visage que de voiture, c'est moins cher. En tout cas, une fois sur place, tu verras bien si tu as envie d'aller te poster face à cet homme que tu ne reconnais pas pour voir si lui te reconnaît...

— Oui, je verrai bien si j'en ai envie.

— Allez, il faut bouger. Va retrouver Barberine, grimpez à Lalley et regardez. Il y a un casse-croûte dans ton sac à dos.

Il était près de huit heures quand Barberine et moi avons entamé les dernières côtes menant au plateau de Lalley. Elle portait une courte jupe de toile rose, un T-shirt noir, pieds nus dans des espadrilles blanches, un gilet à manches longues blanc noué autour de la taille, et je la regardais conduire en silence. Des voiles de nuages orange flottaient et leur paresse agrandissait le ciel. Que vous rouliez sur la départementale de Perelefit ou que vous ayez emprunté la vicinale de Gironnes, toutes les routes du plateau de Lalley cheminent vers le ciel.

Soudain l'air vigoureux du plateau, bien moins alangui que le ciel, est entré sans façon par les vitres baissées. Je connaissais cette station-service. Je l'avais souvent croisée dans les deux sens au cours de mes explorations en Solex à travers le pays, en service commandé par l'Amiral, à deux euros le kilomètre. Et, si ça se trouvait, mon possible père y écoulait déjà son existence de garagiste. La station était installée au bord d'une route suivant un axe nord-sud, parallèlement à la vallée du Rhône, située à une cinquantaine de kilomètres plus à l'ouest et plus bas. C'était, en quelque sorte, la grande voie des gens qui n'aimaient pas les grandes voies. Quand on rejoignait cette route en venant du nord, ce qui était notre cas, huit cents mètres avant d'arriver à hauteur de la station, une petite voie asphaltée partait à droite, en épi, jusqu'à une chapelle, Sainte-Claire, souvent visitée pour sa perfection romane. C'est là, en bas d'un christ en majesté, que Barberine, suivant mes indications, gara la Renault Espace. Protégée par des frondaisons, la chapelle donnait, à portée de flèche, sur la station-service illuminée, que Barberine et moi observions de l'autre rive de la départementale 87. J'avais emporté ces jumelles que j'avais achetées un jour à une Japonaise, dans la rue, et qui ne m'avaient jamais servi. Excellentes jumelles, je voyais les allées et venues de la clientèle et du personnel sur le site pétrolifère d'en face. Je voyais tout avec une incroyable netteté, et, comme me l'avait assuré la Japonaise, que je n'avais pas crue, les jumelles permettaient de voir la nuit. La nuit qui était tombée, dans laquelle Barberine et moi étions allongés l'un contre l'autre dans le froid venant, et nous nous repassions les jumelles et je reconnus sans l'ombre d'un doute Tong Tong, tirant les portes du garage, vêtue d'une combinaison, accomplissant ses tâches avec la même grâce qu'au moment où Adham, tiré de ses révisions, lui avait ouvert la porte. Et la mère de Tong Tong, sans doute, cette belle femme chinoise qui, après avoir éteint derrière elle le bureau-boutique, venait rejoindre au pied de l'escalier sa fille et cet homme que je regardais avec avidité et qui venait d'éteindre le site d'un coup, comme un arbre de Noël. Ils ont grimpé l'escalier dans la nuit, puis l'étage s'est allumé et je n'ai plus eu envie de les épier.

— Si tu étais allé le regarder les yeux dans les yeux, a dit Barberine, il se serait sûrement passé quelque chose.

Je lui ai répondu que, pour le moment, je voulais voir sans être vu et que je n'étais pas sûr de vouloir regarder quiconque dans les yeux.

— Alors rentrons, j'ai froid.

Au moment où nous sommes arrivés à la voiture, il faisait nuit noire. Tout au long de la descente, l'humidité était devenue glaciale.

— Mets le chauffage à fond et ouvre les fenêtres pour qu'on ait de l'air, a dit Barberine en s'installant au volant.

C'était la première fois que je l'entendais me donner un petit ordre. Puis, tout en enchaînant les lacets dans un rythme tour à tour élancé, audacieux, ralenti, relancé, et en accomplissant sur les pédales de frein, d'embrayage et d'accélérateur un travail d'organiste, ses mains courant sur le volant — elle aurait emporté tous les concours de tact automobile si la discipline avait existé —, elle a pris le ton opérationnel pour me dire que, en m'attendant à la gare de Cléon, elle avait reçu un appel de Vic Morton :

— D'après le « correspondant » local de Vic, la population de la station-service embarque chaque vendredi dans deux Renault Espace à destination du Sud. Au volant de la première voiture, l'homme sans visage de ton père, la belle femme asiatique à son côté. Ils ne démarrent jamais après cinq heures trente du soir. Au volant de la seconde voiture, il y a Tong Tong, qui part trois quarts d'heure plus tard après avoir contrôlé, fermé et éteint. Mais, comme tu as pu le voir, exceptionnellement, ils ne partent pas ce soir, ils partiront demain samedi, toujours d'après le correspondant de Vic Morton — qui a l'air de savoir de quoi il parle. Si nous allions déjeuner demain samedi à Port-Margot ? Vic m'a donné le nom d'un bistrot, Chez Nana, où les brochettes de moules sont excellentes, ensuite nous pourrions nous baigner à la plage Sainte-Marguerite qui commence à dix mètres de Chez Nana. Toujours selon Vic, la maisonnette qui nous intéresse se situe dans la deuxième rangée de cabanons, juste à la verticale de Chez Nana.

Signalement : ce qui reste de la peinture de la façade est rose et bistre. La terrasse, cernée de hautes canisses, plantée d'un grand pin et d'un mimosa, surplombe le chemin desservant le cabanon. On pourra s'installer en contrebas dans l'après-midi : il paraît qu'on entend tout ce qui s'y dit.

Et, se tournant vers moi en souriant, sans regarder la route, sa première faute de tact automobile, elle s'écria :

— Chez Nana !

— Chez Nana !

Il était presque minuit quand nous sommes arrivés à la maison de La Tortue, tapie dans le silence sous une cape d'étoiles. J'ai entraîné Barberine sur le muret du potager et j'ai sorti la bouteille de canon, le pain, les paquets sans pieds du cousin Jules, deux énormes tomates, du sel, du poivre, et un fromage de chèvre que l'Amiral avait glissés dans mon sac. Un gros croissant de lune avait succédé aux maussaderies du ciel et nous éclairait. Nous nous regardions, nous mangions, nous buvions à la bouteille, et nous regardions la nuit. Barberine me dit :

— Quand on regarde le ciel, on imagine mentalement les étoiles au-dessus de nous, n'est-ce pas ? Maintenant, imagine que tu flottes à la surface d'une mer extrêmement transparente et que les étoiles sont tout au fond de cette mer infinie, sous toi : le vertige est plus fort, non ? On rentre ?

L'Amiral avait laissé ouverte la porte du garage à vélos. Barberine m'a, sans hésiter, précédé dans l'étroit escalier de bois et je ne voyais que ses jambes et sa courte jupe de toile légère. Je me suis incliné pour voir plus loin et j'ai aperçu une petite culotte blanche de rien du tout qui allait se perdre entre ses fesses en mouvement. Quand j'ai laissé ma main se promener entre ses jambes, elle a cessé de grimper, un pied sur une marche, un pied sur l'autre, elle se tenait aux deux rampes de bois, me facilitant ou me compliquant la tâche selon les postures qu'il lui plaisait de prendre, en creusant les reins ou en se déhanchant. Mes caresses avaient fini par investir la frêle défense de tissu blanc. On n'entendait que nos respirations. Les hanches de Barberine bougeaient maintenant de telle sorte qu'elles m'offraient, toute pudeur oubliée, ce qu'une fille peut dévoiler en montant des escaliers en jupe courte. Tout en me débraguettant pour laisser le passage à une bête encagée, je lui ai demandé, d'une voix un peu spéciale et que je ne me connaissais pas :

— Tu crois que j'ai eu tort de ne pas aller me planter devant l'homme de la station ?

— Non, Paul, tu as eu raison, m'a-t-elle répondu dans un soupir, mais tu aurais tort de ne pas venir te planter dans moi.

J'ai saisi la culotte par le milieu, je l'ai écartée et j'ai obéi à Barberine en me collant à elle et en venant saisir les deux rampes de l'escalier juste

250

derrière ses mains et nous avons commencé un agréable jeu de balance :

— Il ne faudra, il ne faudra pas partir trop tard demain, disait-elle, baissant la tête, ployant la nuque en cherchant mon regard par-dessous son épaule.

— Non, il ne faudra pas.

Emportés par ce ressac, nous avons gravi une à une les dernières marches, tandis qu'elle chuchotait :

— Il ne faudra pas !

Et moi :

— Non, il ne faudra pas !

Le lendemain, nous avons fait attention à ne pas partir trop tard. Lorsque nous sommes arrivés à Port-Margot, à onze heures et demie du matin, par grand beau temps, c'était le premier week-end de septembre et l'on ne rencontrait que les gens du coin. Nous avions marché cinq minutes après avoir laissé la voiture sous les pins parasols ombrant un parking sauvage occupant le lieu d'un ancien bunker. Une grande falaise surplombe Port-Margot et Sainte-Marguerite, couronnant une plage de galets où moutonnent quelques gros rochers sur lesquels des enfants pêchent à la ligne, non loin de vieilles baigneuses qui font du bronzage intégral. Port-Margot, petite crique rocheuse, s'insère dans le grand cirque de la falaise en haut de laquelle les pins et les cyprès des grandes terrasses à balustrades

251

signalent la présence de quelques grandes villas mauresques. En contrebas s'échelonnent les trois rangs de cabanons multicolores que l'on se transmet de famille en famille et où dorment seulement les pêcheurs amateurs ou semi-amateurs. Des maisons pour passer la journée, été comme hiver, quand le temps est au rendez-vous, et il doit l'être souvent.

Nous avons retenu une table au bord de l'eau, avec deux parasols obtenus grâce aux propos souriants que Barberine avait adressés à Nana, un géant aux yeux verts et aux rouflaquettes de Frère de la Côte. Comme nous allions nous baigner, Nana, qui parlait avec un accent méridional d'origine douteuse, nous a dit de faire attention aux grandes vagues qui viennent s'abattre tout près du bord et peuvent être méchantes. Et nous avons failli nous noyer. Les falaises dessinaient une grande salle de musique où l'on donnait des concerts de vagues. Barberine et moi nous étions lancés dans le bonheur d'une belle houle qui nous agitait comme des ludions, nous berçait comme une bonne nourrice. Mais la nourrice ne devait pas aimer les enfants perdus, elle nous a précipités contre un lit de galets qui nous ont mordus de la tête aux pieds tandis qu'une deuxième vague venait nous récupérer et nous rouler au fond en nous entraînant vers des eaux plus profondes. Je ne sais pas comment nous avons réussi à regagner le bord, mais je me souviens que je tenais Barberine par la main qu'elle m'avait tendue, à un moment où ma jambe droite flanchait. Après nous être changés en tremblant, nous nous sommes allongés, épuisés, sur nos serviettes à travers lesquelles les galets pointaient contre nos côtes. Au déjeuner, faim de loup. Je ne reviendrai jamais à Port-Margot, mais je n'oublierai pas les douze brochettes de moules, servies sur un bâton de fenouil, panées à la ciboulette, et les deux dames blanches que Barberine et moi avons englouties. Ni les deux bouteilles de tibouren rouge, qui nous ont précipités dans une sieste à l'ombre, au pied des falaises, sur la plage. Nous étions couverts de bleus : Nana, en nous voyant revenir de notre baignade tragique, avait gentiment souri :

— C'est bête ! Pour la première fois où vous venez ici.

Je lui ai répondu :

— Rassurez-vous, ce n'est que la première fois.

Et Barberine m'a regardé pour voir si je pensais ce que je disais. C'est sur nos serviettes à moitié sèches et sous le plaid dont je ne me sépare jamais, malgré les ricanements de mes proches amis, que nous avons fait cette très longue sieste, l'un contre l'autre, et le roulement des vagues qui nous avait fait si peur nous dorlotait. En me réveillant, j'ai commencé à caresser une fesse de Barberine. Elle s'est réveillée et m'a tapé la main :

— Ah, non, écoute, Paul, ce n'est pas le moment, tu t'intéresseras plus tard à mon maillot ! Nous avons autre chose à faire !

Quand nous sommes repassés par le restaurant, Nana nous a demandé si nous partions :

— Non, nous allons nous installer sur le deuxième chemin des cabanons pour aller faire des dessins, a dit Barberine. Juste sous la maison rose et bistre.

— La maison rose et bistre ? C'est la maison qui rigole, ils n'arrêtent pas de bouffer, de boire et de rigoler en regardant la mer de leur terrasse.

— Vous les connaissez ? a demandé Barberine.

— Bien sûr, je les connais, a répondu Nana d'un ton qui n'en dirait pas plus.

— Eh bien, à tout à l'heure, a dit Barberine.

De fait, quand on était installé sur le chemin au pied de la terrasse du cabanon rose et bistre, il y avait vraiment de quoi faire de beaux dessins, c'était, au moins, une vue de peintre du dimanche, mais nous étions un samedi et Barberine et moi ne savons pas dessiner. En revanche, nous avions des oreilles et nous entendions des éclats de rire masculins et féminins cascader jusqu'à notre poste d'écoute. Dans les voix repérées, on notait celle de la dame asiatique, à qui Barberine avait parlé dans la station-service, celle de Tong Tong, que je reconnaissais avec un sentiment d'incrédulité, bien que je l'aie vue, la veille au soir, à travers mes jumelles japonaises. Et puis

il y avait l'homme sans visage. J'avais déjà inter-
rogé sans succès son regard au restaurant La
Botte Gourmande. Mais là, au pied de ce cabanon, caché par les canisses de la terrasse à la vue
de cet homme que je n'avais pas reconnu, j'ai
éprouvé la certitude sonore, plus sûre qu'une
empreinte digitale, plus sûre qu'un test ADN,
l'exactitude de la voix. Et c'était la voix de Louis,
mon père, que je n'avais plus entendue depuis
sept ans et que j'entendais rire, interpellée par
d'autres voix, tout aussi rieuses, à mesure que le
temps s'évaporait, que le vent se levait et que le
rideau de canisses et de roseaux se mettait à
bruisser avec allégresse. Le déjeuner avait dû
commencer tard, car on entendait encore les couverts choquer les assiettes et le col des bouteilles
heurter les verres. Une voix méridionale s'éleva
dans le vent :

— Le bonheur, c'est de se faire oublier. Je bois
à la santé des oubliés, des oubliés de naissance et
des oubliés qui, comme Lou, ont pris le train en
marche.

Et, tandis que les verres tintaient, la maison
riait.

— C'est bizarre, tu es coiffé en brosse, m'a dit
Barberine.

J'avais entendu appeler « Lou », qui était le
diminutif de Louis que ma mère et ses amis don-
naient à mon père. Et « Lou » répondait :

— Et l'oubli ne vient pas tout seul.

Et l'on entendait à nouveau chanter les verres de la maison qui riait. À quoi bon aller le regarder dans les yeux ? Je n'allais pas lui réclamer son code génétique et un paquet de dollars. Nos vies avaient enfin une chance de se séparer à mon gré. Je protégerais son secret, je serais le père de mon père, il n'en saurait rien et voilà.

— Alors, vous avez fait des beaux dessins à la maison qui rigole ? nous a demandé Nana en nous saluant à notre départ.

Dans la voiture, j'ai mis la main sur une bouteille de canon et je l'ai descendue à toute vitesse, j'étais en colère. Interprétant le silence de Barberine comme un encouragement à y aller, je me suis plaint :

— Il n'y est tout de même pas allé de main morte, le fugitif !

— Que veux-tu dire ?

— Eh bien, tout simplement qu'il n'a pas hésité à envoyer sa belle-fille Tong Tong coucher avec un ami de son fils pour vider un coffre-fort dans une chambre où il dormait avec ma mère. Et ils ont plongé ce pauvre Frank Lloyd Wright dans une cruelle incertitude, dont il ne reviendra pas de sitôt : Tong Tong l'a-t-elle un peu aimé, indépendamment de cette histoire de coffre-fort ? Il n'a pas fini de poser la question autour de lui.

— D'après ce que tu dis, Tong Tong aimait bien Adham.

— Peut-être, en tout cas, ça ferait déjà un bon

sujet d'engueulade entre l'homme qu'on appelle Lou et moi.

À Saint-Maximin, comme nous étions arrêtés à un carrefour, j'ai baissé ma vitre et demandé à un uniforme bleu qui faisait la circulation :

— Dites-moi, sentinelle, où se trouve le camp des adultes ?

— C'est tout droit, mon gars, a répondu le flic.

Le lendemain, à midi, en plein soleil, l'Amiral nous a déposés, Barberine et moi, à la gare de Cléon et il est reparti aussitôt, sans un mot. Barberine était assise sur un banc, sur le quai d'en face. Elle prenait le train de Grenoble, j'attendais pour attraper celui de Paris. Nous nous regardions de banc à banc. J'ai sorti mon portable de ma poche, je l'ai appelée et lui ai demandé d'ouvrir discrètement les jambes, ce qu'elle a fait sans changer d'expression. J'ai tiré de mon sac mes jumelles japonaises et j'ai fait mine de regarder les maisons voisines de la gare, les toits des quais, les voies, puis, enfin, le but de mon tour d'horizon, le secret de la petite jupe de Barberine. J'étais toujours très fasciné quand je voyais sa culotte, et, sûre d'avoir capté toute mon attention, elle s'offrit un peu plus à mon regard, à l'insu des passants. Ensuite, j'ai baissé mes jumelles, nous avons éteint nos téléphones. Nous nous regardions en nous faisant des signes de la main quand le train de Grenoble est entré en gare le premier.

DU MÊME AUTEUR

Aux Éditions Les formes du secret

TERMINUS PARIS, 1978.

Aux Éditions Stock

L'ANNÉE DERNIÈRE, 1999.
LA VIE PARLÉE, 2005 (Folio n° 4416).
VIEUX GARÇON, 2007 (Folio n° 4763).

Aux Éditions du Seuil

L'AMOUR DU TEMPS, 1980.

COLLECTION FOLIO

Composition CMB Graphic
Impression Maury-Imprimeur
45330 Malesherbes
le 19 juin 2008.
Dépôt légal : juin 2008.
Numéro d'imprimeur : 139005.

ISBN 978-2-07-034839-8. / Imprimé en France.

153641